전봉준

일러두기
이 책에서는 당시 기록에 따라 음력을 기준으로 사건의 날짜를 표기했습니다.

전봉준

안도현 글 · 김세현 그림

산하

새야 새야 파랑새야……

　1894년에 일어난 동학농민전쟁은 우리나라뿐만 아니라 세계의 역사에 길이 남을 대규모 농민항쟁이었습니다. 반봉건, 반외세의 구호아래 전봉준 장군이 이끄는 농민군은 목숨을 걸고 싸웠습니다.

　나는 여러분도 꼭 한번 이 책을 들고 동학농민전쟁의 발자취를 더듬어 보기를 바랍니다. 그러기에 여러분에게 그 전적지를 찾아 가는 길을 알려 줄까 합니다.

　자, 그럼 호남선 열차가 서는 신태인역에서부터 출발을 해 볼까 요? 신태인 부근은 평야가 아주 드넓은 곳입니다. 여기에서 말목장 터가 그리 멀지 않습니다. 고부 봉기 때 근처의 농민군들이 죽창과 낫을 들고 처음으로 집결한 곳이랍니다.

　말목장터에서 백산 쪽으로 길을 2킬로미터쯤 가다 보면, 동진강 과 정읍천이 마주치는 곳에 만석보가 있던 곳이 나타납니다. 고부 관아를 점령한 뒤에 만석보를 허물어뜨릴 때의 기상을 상상해 보세 요. 조병갑에게 당한 울분을 풀면서 농민군들은 정말 신이 났겠지 요? 거기서 북쪽으로 멀리 보이는 백산에는 '동학혁명백산창의비' 가 서 있습니다.

그 다음에 다시 말목장터로 돌아와서 오른편으로 가면 장내리 조소마을에 전봉준 장군의 옛집이 나옵니다. 볏짚으로 지붕을 얹은 초가삼간이 옛 모습 그대로 남아 있지요. 여기에서 '동학농민혁명기념관'과 고부 관아가 있었던 고부초등학교가 그리 멀지 않답니다.

지금까지 소개한 곳을 찬찬히 돌아보는 데에는 한나절 정도의 시간이면 충분합니다. 이렇게 동학농민전쟁 전적지를 둘러보면서 '새야 새야 파랑새야'라는 민요를 나직이 불러 보세요.

새야 새야 파랑새야
녹두밭에 앉지 마라
녹두꽃이 떨어지면
청포 장수 울고 간다.

이 민요에서 파랑새는 청나라 군사를, 그리고 녹두밭은 우리나라를 가리킨다고 합니다. 또한 녹두꽃은 녹두장군 전봉준을 일컬으며, 청포 장수는 백성들을 뜻한다고 합니다. 이 노래를 부르다 보면, 전봉준 장군을 향한 당시 백성들의 사랑이 어느 정도였는지 헤아릴 수 있겠지요.

안도현

녹두라는 별명을 가진 아이

정월 대보름달이 산등성이 위로 둥실 솟아올랐다.

동네 아이들이 몰려나와 논둑과 밭둑 이곳저곳에 불을 놓기 시작했다. 이것을 쥐불놀이라고 한다. 이맘때쯤이면 아이들은 밤이 이슥하도록 들판에서 불장난을 하는데, 어른들은 아무도 아이들을 나무라지 않았다. 어른들은 쥐불놀이를 해야만 한 해 농사가 잘된다고 생각했다.

"와아아, 와아아!"

검붉은 불꼬리가 까만 하늘로 치솟을 때마다 아이들은 환호성을 내질렀다. 마른 잡초에 붙은 불길은 순식간에 온 들녘에 번져 갔다. 꼭 커다란 구렁이가 붉은 혓바닥을 날름대며 들판을 기어가는 것 같았다.

그때였다. 이웃 마을 아이들이 갑자기 이쪽으로 우르르 몰려오는 것이 보였다. 근방에서 가장 큰 동네인 건너편 대산 마을 아이들이었다. 그 아이들은 툭하면 작은 마을 아이들에게 시비를 걸었다. 자기네 마을을 지나갈 때마다 세금을 내야 한다며 감자나 엿 따위를 빼앗는가 하면, 빼앗을 게 없을 때에는 다짜고짜 주먹을 휘둘러 댔다.

"대장, 큰일 났어!"

"왜 그래?"

"저 자식들이 또 쳐들어오잖아!"

"걱정하지 마."

"또 지난번처럼 당하면 어떻게 해?"

"아니야. 그때는 미리 도망친 애들이 많았기 때문이야."

"그럼 이번에는 맞붙어 볼 거야?"

"그럼. 겁만 내지 않는다면 우리가 이길 수 있어. 애들아, 우리가 만날 얻어맞을 수는 없지 않겠니?"

또래 가운데 몸집이 가장 작은 한 아이가 주먹을 꽉 쥐었다. 아이의 눈빛이 순간적으로 매섭게 빛났다.

"다들 힘을 내서 오늘은 한번 붙어 보자구! 내가 앞장을 설 테니까, 절대로 등을 내보이면 안 돼. 알았지?"

드디어 패싸움이 시작되었다.

대장 아이는 용감하게 맨 앞에 나서서 싸웠다. 그 아이는 상대편

9

에서 가장 덩치가 큰 아이의 멱살을 꽉 붙잡았다. 키가 어깨에 겨우 닿을 정도였다. 대장 아이는 차돌처럼 단단한 이마로 상대의 얼굴을 들이받았다. 그러자 금세 상대편 아이의 무명저고리 위로 코피가 뚝뚝 떨어졌다. 기세등등하던 큰 동네 아이들이 움찔하고 뒤로 물러섰다. 이런 일은 전에는 상상도 하지 못한 일이었다. 용기를 얻은 작은 마을의 아이들은 한 사람도 도망가지 않고 맞붙어 싸웠다.

결국 대산 마을 아이들은 삐죽삐죽 뒷걸음을 치지 않을 수 없었다. 쥐불놀이를 하던 아이들은 만세를 불렀다. 큰 동네 아이들을 물리친 것은 처음 있는 일이었다. 대장 아이의 입가에도 웃음이 감돌았다.

그 꼬마 대장이 자라서 나중에 동학농민전쟁의 최고 지도자인 전봉준 장군이 될 줄은 아무도 모르고 있었다.

전봉준은 1855년 전라북도 고창읍 죽림리 당촌 마을의 한 초가집에서 태어났다.

이 마을 사람들은 오래전부터 대대로 가난에 찌들어 있었다. 농사를 지을 만한 기름진 농토는 양반 몇 사람이 거의 다 차지하고 있었고, 대부분의 농민들은 양반의 땅을 조금씩 빌려 농사를 짓는 처지였다.

"추수를 해도 우리한테 돌아오는 쌀은 일 년 양식도 채 되지 않으니······."

"간밤에 재 너머 김 서방네 막내딸이 그만 굶어 죽었다더군. 어린 게 무슨 죄가 있다고. 쯧쯧!"

"저런. 풀죽이라도 한번 마음껏 먹여 봤으면 한이라도 없을 텐데."

굶어 죽는 일이 결코 남의 일이 아니었다. 자나 깨나 마을 사람들은 먹고살 일이 걱정이었다.

봉준의 집도 마찬가지였다. 밥을 먹는 날보다 굶는 날이 오히려 더 많았다. 봉준의 아버지 전창혁은 농사를 지을 수 있는 땅이 거의 없었다. 그러나 다행히 마을에서는 드물게 한문을 읽고 쓸 줄 알았다. 그래서 서당을 차려 놓고 마을에서 아이들에게 《천자문》이나 《동몽선습》 같은 책을 가르치는 훈장 노릇을 했다. 그리고 아픈 사람이 찾아오면 침을 놓아 주거나 한약을 지어 주며 겨우 생계를 이어 갔다. 봉준의 아버지는 가장으로서 가족들을 먹여 살리는 일이라면 어떤 일도 마다하지 않았다.

"참 대단한 사람이야."

"아무렴. 우리 마을에서는 없어서는 안 될 큰 일꾼이지."

마을 사람들은 저마다 전창혁을 칭찬하는 말을 아끼지 않았다.

전창혁이 결혼하고 얼마 되지 않았을 때였다. 그는 집안일을 잠시 접고, 고창 근처에 있는 흥덕 소요산의 암자에서 혼자 글공부를 하고 있었다.

어느 날 밤 꿈을 꾸었는데, 소요산에서 가장 높은 봉우리인 만장 봉이 우르르 무너지더니 목구멍으로 불쑥 들어왔다. 전창혁은 깜짝 놀라서 잠자리에서 일어났다.

'높은 산봉우리가 목구멍으로 들어오는 꿈은 내 생전 처음인걸. 혹시 집에 무슨 나쁜 일이 일어난 게 아닐까?'

잠을 깨고 보니 당촌 마을에 있는 집이 가장 먼저 걱정되었다. 집으로 돌아오는 동안에도 간밤의 꿈이 머리에서 떠나지 않았다. 전창혁이 마을 입구에 다다르자 아름드리 소나무들이 반겨 주었다. 그를 보자, 소나무들은 축 처져 있던 가지를 푸르게 치켜들고 그 기개를 자랑하는 듯했다. 전창혁은 뭔가 좋은 일이 생길 것 같은 예감이 들었다.

'간밤에 꾸었던 꿈이 혹시 태몽이 아닐까?'

정말 그랬다. 얼마 지나서 전창혁과 그의 부인 광산 김씨 사이에 귀여운 옥동자가 하나 태어났다. 그 아이가 바로 녹두장군 전봉준이었다.

전봉준은 어릴 때부터 '녹두'라는 별명으로 불렸다. 녹두는 콩 중에서도 크기가 아주 작은 콩이다. 봉준은 그 또래 동무들 가운데 유난히 키가 작달막했다.

"녹두야. 고기 잡으러 가자."

"녹두? 녹두라고 부르지 말라고 했잖아!"

"녹두한테 녹두라고 부르는 게 뭐가 잘못됐니?"

봉준은 처음에는 녹두라는 별명이 싫었다. 어른들마저 녹두라고 부를 때에는 어디 쥐구멍에라도 숨고 싶은 심정이었다. 하지만 자주 듣다 보니 그 별명이 귀에 익숙해졌고, 자신의 별명이 결코 창피하다는 생각이 들지 않았다.

'녹두는 크기가 작지만 돌처럼 단단한 콩인걸!'

그렇게 생각하면서 녹두라는 별명을 오히려 자랑스럽게 여기게 되었다.

봉준은 다섯 살 때부터 서당에 다녔다. 키가 작아 서당의 맨 앞자리에 앉았는데, 공부를 할 때만은 놀라운 집중력을 보였다. 모르는 글자가 나오면 허투루 넘어가는 법이 없었다.

"가진 것이 없으므로 너는 많이 배우기라도 해야 한다. 부지런히 배워야만 사람 구실을 할 수 있을 뿐더러, 남을 위해서 배운 것을 널리 베풀 수도 있는 법이다."

아버지는 봉준을 매우 엄하게 가르쳤다. 그러면서 아버지는 마음속으로 이렇게 빌었다.

'탐관오리의 수탈이 날로 심해져 가니, 힘없는 백성들은 이제 어디에 몸을 기댄단 말인가. 사람이 사람 구실을 제대로 하지 못하는

이런 못된 세상을 내 아들에게는 물려주지 말아야지. 봉준아. 부디 많이 배우고 힘을 길러야 한다.'

아버지의 기대에 어긋남 없이 봉준은 착하고 늠름한 소년으로 자랐다. 열세 살 나던 해의 어느 날. 봉준은 '흰 갈매기'라는 한시를 지어 아버지에게 보여 드렸다.

하얀 모래밭에 스스로 놀면서
흰 눈 같은 날개와 긴 다리로
저 혼자 맑게 서 있다.
부슬부슬 찬비 내리면 꿈속 같지만
때때로 고기잡이 돌아간 뒤에는 언덕에도 오른다.
수많은 물과 돌은 낯설지 않고
얼마나 풍상을 겪었는지 머리도 희구나.
자주 마시고 쪼아 대지만 분수에 넘치지 않을 것이니
세상의 고기 떼들아
너무 걱정하지 말아라.

물가의 모래밭에서 노니는 갈매기를 보고 지은 시였다. 아버지는 이 시를 읽고 깜짝 놀랐다. 열세 살 소년의 시라고 믿어지지 않았다. 특히 갈매기의 먹이가 되는 물고기들에게 분수 넘치는 생활을

하지 않을 것이니 걱정하지 말라는 끝 구절이 아버지의 마음에 쏙
들었다. 아버지는 봉준이 장차 큰 인물이 될지도 모른다는 생각을
하며 아들의 머리를 쓰다듬었다.

전봉준의 청년 시절

봉준은 의젓한 청년으로 성장했다. 코 밑에 듬성듬성 수염도 나기 시작했다. 그가 스무 살이 되자, 아버지 전창혁은 봉준을 장가보내야겠다고 생각했다. 사실 아버지는 아들에게 물려줄 땅도 재산도 없었다. 하지만 봉준은 워낙 야무지고 성실한 아들이었다. 아버지는 그런 아들이 믿음직스러웠다.

아내를 맞아들인 전봉준은 그전보다 더욱 열심히 일을 했다. 남의 집 집터나 묏자리를 봐 주는 풍수 일을 맡기도 하고, 병든 사람을 치료해 주는 일에도 정성을 다했다. 이런 일들은 대부분 아버지로부터 배운 게 많았다.

그러나 젊은 전봉준의 가슴속은 답답하기만 했다. 끼니를 잇지 못해 어느 마을에서 사람이 죽었다는 이야기가 자고 나면 들려왔다. 굶어 죽는 것만큼 비참한 죽음도 없다. 게다가 이름도 모를 전염병이 돌고 있다는 소문도 들렸다.

'이웃을 위해 내가 할 수 있는 일은 없을까? 나 혼자의 힘으로는 아무 도움도 주지 못하는 게 부끄럽구나.'

남을 위한다는 게 말처럼 쉬운 일은 아니었다. 전봉준은 능력 없는 자신이 한탄스러웠다.

그 무렵, 일본은 강화도조약(1876년)을 맺어 조선에 침입할 발판을 만들어 놓았다. 일본과 더불어 청나라, 러시아, 미국, 프랑스 등 여러 나라가 일찍부터 조선에 눈독을 들이고 있었다. 우리나라를 집어삼키려고 서로 으르렁대고 있었던 것이다.

하지만 이들에 당당히 맞서야 할 조정은 둘로 나누어져 있었다. 외국 세력에게 나라를 빼앗기지 않으려면 그들을 상대조차 하지 말아야 한다는 수구파와, 외국의 새로운 제도와 기술 문명을 하루바삐 받아들여야 한다는 개화파가 맞서 싸움을 벌이고 있었다. 그들은 자신들의 야욕을 키우기 위해서 외국 세력과 손을 잡는 일도 서슴지 않았다. 그러다 보니 백성들을 살기 좋게 만드는 일에는 별로 관심이 없었다.

'나라의 운명이 마치 바람 앞의 등불과도 같구나. 이대로 가다가는 나라 없는 백성이 될 것이 뻔하다.'

혈기 넘치는 청년 전봉준은 그냥 주저앉아 세상을 바라보고 있을 수만은 없었다.

'나는 모르는 것이 너무 많다. 알고 싶은 것도 많다. 우선 세상이 어떻게 돌아가는지 살펴보는 일이 급하다.'

이때부터 전봉준은 전라도의 전주. 김제. 금구. 태인. 정읍 등지를 돌아다니면서 많은 사람을 만났다. 나중에 농민군 총참모로서 자신을 도운 김덕명을 만난 것도 이 무렵이었다. 여러 지방을 떠돌아다니는 동안 전봉준은 농민들이 비참하게 생활하는 것을 자신의 눈으로 똑똑히 보았다. 그는 가슴이 아팠다. 양반과 벼슬아치를 원망하는 소리가 고을마다 터져 나왔다.

"한 해 농사 뼈 빠지게 지어 놓으면 지주들이 가져가고 세금으로 뜯어 가니. 우리 같은 농민들이 살아갈 길은 도대체 보이지 않네."

"군수가 타는 가마를 고치는 데도 세금을 거둬 가잖아요. 심지어는 뱃속의 아기까지 세금을 물어야 한대요. 글쎄."

"양반 놈들 창고의 쌀은 썩어 가는데. 우리는 끼니 이을 곡식 한 줌 없으니……."

"이대로는 안 돼. 세상이 한번 발칵 뒤집어지면 얼마나 좋을까."

전봉준은 백성들이 내뱉는 말 한 마디 한 마디를 모두 가슴에 담았다. 그럴수록 머리끝까지 울분이 치밀어 올랐다.

정읍군 이평면 장내리 조소마을로 전봉준은 집을 옮겼다. 조소마을은 새가 둥지를 틀고 앉은 모양을 한 마을이다. 전봉준은 여기에다 서당을 차려 놓고 동네 아이들을 가르쳤다. 아버지 전창혁도 그를 도와 아이들을 지도했다. 전봉준은 아이들에게는 더없이 자상한 훈장이었다. 하지만 상대방을 쏘아보는 듯한 날카롭고 맑은 눈빛은 언제나 샛별처럼 빛났다.

"우리 선생님 눈에는 불이 켜져 있는 것 같지?"

"응. 그래. 너도 봤니?"

"어떤 때는 꼭 호랑이 눈 같아."

"나는 아주 깊고 맑은 연못처럼 보이던걸."

이렇게 재잘거리는 아이들은 전봉준을 무척 존경하고 잘 따랐다.

서당의 훈장이었으나 전봉준의 생활 형편은 말이 아니었다. 아침에는 잡곡으로 지은 밥을 먹었지만, 저녁은 희멀건 죽으로 대충 때우기가 십상이었다. 가난에 찌든 생활 속에서 전봉준의 아내는 그만 병에 걸리고 말았다. 그동안 아내는 억척스럽게 집안일을 도맡아서 해 왔다. 어린 네 남매를 낳아 키우고, 세상의 형편을 살피러 떠돌아다니는 남편 뒷바라지를 하느라고 자신의 몸을 돌볼 틈이 없었던 것이다.

전봉준은 말은 하지 않았지만 아내를 무척이나 사랑하고 있었다.

"여보, 그동안 당신에게 좋은 옷 한 벌 사 주지 못했고, 맛난 음식

하나 먹이질 못했소. 다 내 잘못이오. 당신 병이 나으면 좋은 세상 구경도 시켜 줄 테니. 어서 일어나기나 하시오."

"당신과 아이들 뒷바라지를 해야 하기에. 저도 이대로 가기는 싫답니다."

"부디 힘을 내시오. 여보."

전봉준은 아내를 살리려고 온갖 정성을 쏟았다. 그러나 오랫동안 누워서 앓던 아내는 그만 숨을 거두고 말았다. 아내의 나이가 채 마흔 살도 되지 않았을 때였다. 마을에서 10리쯤 떨어져 있는 황토재 언덕에 전봉준은 아내를 묻었다. 배들평야가 한눈에 들어오는 양지 바른 곳이었다.

아내를 묻고 나서 전봉준은 드넓은 들판을 바라보았다. 들판은 끝도 없이 넓었다. 전봉준은 그 들판이 원망스러웠다. 그것은 땀 흘리며 고생하는 농민들의 농토가 아니었다. 못된 양반들과 지주들 것이었다. 이 들판에서 농민들은 빼앗기기만 하고 살아왔다. 죽은 아내도 마찬가지였다. 전봉준은 어금니를 악물었다. 그때서야 참았던 눈물이 두 뺨을 타고 주르르 흘러내렸다.

누군가 전봉준의 어깨를 가만히 두드리며 말했다.

"봉준이 이 사람, 너무 슬퍼하지 말게나. 모두 다 세상을 잘못 만난 탓이지."

"아닙니다. 더 이상 세상 탓을 하고 있을 수만은 없지요."

"그러면?"

말을 걸었던 사람은 멈칫했다.

전봉준의 눈빛이 활활 불타오르는 것 같았다.

"우리는 오랫동안 남의 밑에서 구차하게 살아왔습니다. 사람인 데도 개나 돼지 취급을 받으면서요. 이렇게 구차하게 목숨을 이어 가기보다는, 차라리 온 가족이 한꺼번에 죽음을 맞는 게 낫지 않겠습니까."

"자네 마음은 알겠네만, 사내대장부는 죽음도 때를 잘 가려야 하네."

그 뒤 전봉준은 아이들의 손을 잡고 자주 아내의 무덤을 찾곤 했다. 이것은 당시 풍습으로서는 흔치 않은 일이었다. 왜냐하면 일찍 세상을 떠난 여자는 여자로서 도리를 다하지 못한 것이라는 봉건 사회의 나쁜 풍습에 길들여져 있었기 때문이다. 전봉준은 아내의 무덤을 찾아올 때마다 마음을 굳게 먹었다.

'언젠가는 이 지옥 같은 세상을 내 손으로 바로잡고야 말 것이오. 다시는 당신과 같은 억울한 죽음이 이 땅에 생기지 않도록 하겠소. 나는 목숨을 걸고 싸울 것이오. 그러니 이제는 부디 편히 잠드시오, 부인.'

전봉준은 아이들과 함께 무덤 앞에 나란히 서서 고개를 숙인 채 마음속으로 빌었다.

사람이 곧 하늘이다

말목장터는 닷새에 한 번씩 장이 서는 곳이었다. 장날이 되면 근방에 있는 고부, 부안, 김제의 장꾼들이 다 몰려들어 물건을 사고파느라 흥청거렸다. 이날은 그동안 여러 마을에서 있었던 이런저런 일들을 들을 수 있는 날이기도 했다. 어느 마을에 불이 나서 온 가족이 다 죽고 말았다는 이야기, 어느 집에 기이하게도 흰 송아지가 태어났다는 이야기도 장이 서는 날 전해 듣게 되는 소식 가운데 하나였다.

전봉준도 장날에 맞춰 조소마을에서 5리 정도 떨어진 말목장터로 걸음을 옮겼다. 아이들을 가르치느라고 바깥나들이를 그동안 통 하지 못했다. 세상이 어떻게 돌아가는지 무척이나 궁금했다. 옷감을 파는 포목점 앞을 지나가는데, 한 떼의 사람들이 거기에 몰려 있었다. 전봉준은 무슨 일인가 싶어서 사람들 틈에 끼었다. 포목점 주인은 빛이 번쩍번쩍 나는 옷감을 한쪽 손에 들고 떠들어 대고 있었다.

"이 옷감으로 말씀드릴 것 같으면, 저 현해탄 건너 일본에서 방금 들어온 것이죠. 여러분은 이렇게 보들보들한 옷감을 생전 처음 보실 것이오."

"우아. 그거 나도 한번 만져 봅시다."

"우리가 입는 무명이나 삼베보다 훨씬 부드럽군."

구경꾼들은 옷감을 만져 보며 신기하다는 듯이 한마디씩 내뱉었다. 그것은 일본에서 수입한 옷감이었다.

일본은 우리나라와 강제로 강화도조약을 맺은 다음, 우리나라의 질 좋은 쌀을 싸게 사서 자기들 나라로 실어가는 데 열중해 있었다. 그 대신 일본에서 만든 옷감이나 그릇 따위를 우리나라에 비싼 값으로 팔았다. 우리나라 사람들은 당장 돈이 필요해서 쌀을 헐값에 팔았지만, 알고 보면 번번이 손해를 보는 거래였다. 씨 뿌리는 봄에 장사꾼에게 약간의 쌀값을 미리 받았다가, 가을에는 그해에 추수한 모든 쌀을 고스란히 갖다 바쳐야 하는 일도 생겨났다.

전봉준이 농민들의 이러한 사정을 모를 리 없었다.

'일본 물건이 우리 농산물을 갉아먹고 있는 꼴이다. 이러다가는 나라마저 그들에게 빼앗길지도 모른다. 게다가 썩어 빠진 관리들이 백성을 더욱 못살게 굴고 있으니……'

전봉준은 수렁에 빠진 백성을 살리는 일이 무엇보다 급하다고 생각했다.

'힘을 모아야 한다. 믿을 것은 아무것도 없다. 우리의 힘으로 나라를 바로잡아야 한다.'

이미 전국 각처에서 분노한 백성들이 들고일어나서 관청을 공격하고, 못된 탐관오리를 잡아 벌주는 일이 자주 생기고 있었다. 성난 백성들은 악질 지주의 집을 습격하여 창고를 열어젖히고는 굶주린 사람들에게 쌀을 나눠 주기도 했다. 그들은 대부분 억눌림을 견디지 못한 하층 계급의 사람들이었다. 그중에서 농민의 숫자가 가장 많았다. 농민들의 봉기는 걷잡을 수 없이 번져 갔다.

그러나 농민들의 저항은 곧잘 한계에 부딪히곤 했다. 왜냐하면 폭발된 힘을 한곳으로 모을 수 있는 지도자도 없었고, 장기적으로 싸울 준비도 되어 있지 않았기 때문이다.

다만 이 시기에는 이필제 같은 인물의 활약이 기록에 남아 있다. 이필제는 충청도 진천과 경상도 진주, 영해, 조령 등지를 무대로 봉건 왕조에 대항을 했다. 그는 봉기 때 동학을 이용하여 외국 세력을 몰아내려 했는데, 이것은 뒷날 전봉준이 펼친 활약과 아주 비슷하다.

몇 날 며칠 동안 골똘히 생각에 잠겨 있던 전봉준은 마침내 결단을 내렸다.

'동학에 입교하여 뜻을 펼쳐 보자!'

전봉준은 세상 돌아가는 흐름을 눈여겨보고 필요한 것을 배우기 위해 일찍이 여러 지방을 떠돈 적이 있었다. 그때 전봉준에게 많은 영향을 준 사람이 바로 동학교도인 손화중, 김개남, 최경선, 서인주 같은 사람들이었다. 어려움에 처한 나라를 구하려면 그런 믿을 만한 동지들과 함께 손을 잡아야 한다고 생각했다.

동학은 서양 종교에 반대해서 생긴 우리나라의 민중 종교이다. 당시 혼란한 시대를 걱정하고 있던 경상북도 경주 출생의 최제우 선생(호는 수운)은 오랜 유랑 생활 동안 수련을 거듭한 끝에 나라와 백성을 구하기 위해 동학을 세웠다.

"사람이 곧 하늘이다. 이제 썩은 세상은 물러가고 새 세상이 올 것이다!"

양반과 평민, 남자와 여자, 부자와 가난한 사람을 차별하던 봉건 사회에서 모든 사람은 평등하다고 주장한 동학사상은 바로 평등사상이었다.

"내가 하늘로부터 받은 부적이 있으니, 이것을 태워 물에 타서 마시면 모든 병이 나을 것이니라!"

동학은 당시에 유행하던 콜레라 같은 전염병 앞에서 어찌할 줄 모르던 백성들에게 신성한 구원의 사상이기도 했다. 또한 서양 세력과 일본을 침략자 오랑캐로 규정하고 그들을 물리쳐야 한다고 주장했다. 동학은 무엇보다 힘없는 사람들의 편에 섰다. 재산이 넉넉한 사람은 가난한 사람을 도와야 한다고 가르쳤다.

1860년에 최제우 선생이 동학을 창도한 이후, 그동안 억눌려 살던 수많은 사람들이 선생의 제자가 되기를 간청하며 동학에 들어왔다. 그들은 동학이 자신들을 구원해 줄 것이라고 굳게 믿었다. 얼마나 많은 백성들이 당시에 동학을 지지하고 따랐던지, "경상도 조령에서 경주에 이르기까지 4백 리가 되는 고을마다 동학 주문 외는 소리가 그치지 않을 정도"였다는 기록도 있다.

동학이 이처럼 세력을 키워 나가자 양반과 벼슬아치들은 안절부절못하고 동학을 눈엣가시처럼 여겼다. 자신들이 누리고 있는 지위가 위협받게 될까 봐 두려웠던 것이다. 그래서 이들은 동학이 어리석은 백성을 속이는 나쁜 종교라고 선전하며 동학교도들을 탄압하기 시작했다.

동학교도라는 게 탄로 나면 관청에 잡혀 가서 매 맞아 장애를 얻거나 죽는 일이 빈번하게 생겨났다. 급기야 관리들은 동학이 세상을 어지럽히고 백성을 나쁜 길로 유혹한다는 핑계로 최제우 선생을 잡아들여, 1864년 3월에 잔인하게 처형했다. 관리들은 최제우 선생의 잘린 목을 대구의 중심가 한복판에 매달아 놓았다. 동학을 믿지 못하게 하기 위해서였다. 지나가다 그 모습을 본 사람들은 너무나 끔찍해서 치를 떨었다.

"백성을 선동하는 못된 자는 저렇게 벌을 받아야 해."

이렇게 침을 퉤퉤 내뱉으며 그 앞을 지나가는 사람도 있었다.

하지만 소리 나지 않게 최제우 선생의 죽음을 애도하는 사람들이 더 많았다.

"쯧쯧, 저 불쌍한 양반, 바른 뜻을 다 펼치지도 못하고 저 꼴이 되다니⋯⋯."

"언젠가는 동학이 다시 일어설 것이 틀림없네. 암, 두고 보라고."

과연 동학의 불기운은 식을 줄을 몰랐다. 동학의 2대 교주가 된 최시형 선생(호는 해월)은 서른 해가 넘게 숨어 살면서 전국 곳곳에다 동학의 불을 지폈다. 당시 백성들은 그를 '최 보따리 선생'으로 불렀다. 보따리 하나만 들고 관리들의 눈을 피해 도망을 다닐 때 붙여진 별명이었다. 그는 갖은 어려움 속에서도 동학을 전파해 세력을 확장시켰다. 경상도와 충청도는 물론이고, 전봉준이 살고 있는 호남의 평야 지대에서도 동학이 퍼져 백성들에게 엄청난 지지를 받고 있었다.

호남은 우리나라 최고의 곡창 지대로서, 양반과 탐관오리들의 수탈이 아주 심했다. 뇌물을 갖다 바치고 이 지방으로 부임한 관리들은 백성을 착취하는 데 물불을 가리지 않았다. 그러니 악질 지주에게 뺏기고 벼슬아치들에게 뜯기는 일에 신물이 난 가난한 백성들은 동학을 목숨처럼 믿고 따를 수밖에 없었다.

전봉준은 1890년에 서인주의 부하 황하일의 소개로 동학에 입교했다.

"드디어 동학교도가 되었다. 이제 동학과 함께 기울어 가는 나라를 구하리라!"

전봉준은 가슴이 울렁거렸다.

동학에 입교하고 2년 만에 전봉준은 고부 접주가 되었다. 그의 나이가 서른여덟 살이 되었을 때의 일이었다. 접주란 동학의 각 지역 책임자를 일컫는 말이다. 당시 고부는 부근에서 전주 다음으로 큰 읍이었다. 전봉준이 접주가 되었다는 것은 그의 능력과 인물 됨됨이가 그만큼 인정을 받고 있었다는 뜻이다.

이 무렵, 전봉준은 조소마을 집에서 나와 말목장터가 있는 두지리에 방을 얻어 살았다. 땅이라고는 겨우 논 서 마지기밖에 없었으므로, 농사를 짓는 대신 아픈 사람들에게 약을 지어 주거나 침을 놓아 주며 생활했다. 때때로 먼 곳에서 온 듯한 낯선 손님들이 전봉준의 집에 와서 며칠씩 묵어가는 일도 있었다. 그런 날이면 동네 어른들이 궁금해 하면서 물었다.

"자네 집에 찾아오는 손님은 대체 어떤 사람들인가?"

"어릴 적부터 사귀던 친구들이지요. 그저 놀고먹는 형편없는 녀석들일 뿐입니다."

전봉준은 대수롭지 않은 듯 대답하곤 했다. 사실 그들은 전봉준

과 뭔가 은밀한 계획을 짜기 위해 찾아온 동학교도들이었다. 동학
이 아직껏 관리들의 탄압을 받고 있었기 때문에 함부로 내놓고 떠
벌일 수가 없었던 것이다.

억울해서 못 살겠다

　고부 접주로서 전봉준은 동학이 새로운 세상을 만드는 데 기여
해야 한다고 늘 생각하고 있었다. 교도들이 동학을 믿는 것을 떳떳
하게 밝히고 활동하려면, 동학도 스스로 변화해야 한다는 주장을
펼쳤다.

　"동학은 단순한 종교가 아닙니다. 동학으로 기울어 가는 나라를
구해야 합니다."

　이런 생각은 틀리지 않았다. 1892년 10월, 동학교도들은 서인주
와 서병학의 주도로 충청도 공주에서 대규모 집회를 가졌다. 여기
서 동학교도들은 이른바 '교조신원운동'의 불꽃을 당겼다. 이것은
동학의 창시자인 최제우 선생이 억울하게 죽었으니 그 누명을 벗
겨 달라고 호소하는 운동이었다. 또한 충청도 감영(조선 시대에 관찰
사가 직무를 보던 관청)으로 몰려가서 동학을 탄압하지 말고 자유로운

활동을 하게 해 달라고 집단으로 요구하기도 했다.

공주 집회에서 힘을 얻은 동학교도들은 그해 11월, 2대 교주 최시형의 명령에 따라 수천 명이 전라도 삼례에 모여 또 집회를 열었다. 주로 충청도와 전라도에서 모인 동학교도들이었다. 이들은 만경강 쪽에서 불어 닥치는 찬바람을 맞으며 굶주림과 추위에 떨면서 열흘 이상 버텼다. 삼례 집회로 동학을 자유롭게 포교할 수 있는 실질적인 성과는 얻지 못했다. 그러나 똘똘 뭉친 힘을 과시함으로써 관리들이 동학을 함부로 탄압을 할 수 없게 만들었다. 게다가 교조신원운동은 억눌리고 움츠렸던 농민들이 동학을 통해 새 세상을 꿈꾸는 중요한 계기가 되었다.

뜨거운 열기로 가득 찼던 1892년이 가고, 1893년이 되었다.

전봉준은 마당가에 나와 서서 한양(서울의 옛 이름) 쪽 하늘을 바라보았다. 흰 눈이 희끗희끗하게 덮여 있는 산줄기 너머 한양 땅으로 가고 있을 동학교도들이 눈에 어른거렸다. 지난해에 공주와 삼례에서 있었던 대규모 시위 이후, 동학교단에서는 조정에 직접 상소를 올려 호소하는 방법을 택하기로 한 것이다.

때마침 세자가 태어난 날을 경축하는 과거가 있을 무렵이었다. 한양으로 가는 길은 수많은 사람들로 북적댔다. 동학교도들은 과거 보러 가는 사람들 틈에 섞여 속속 한양으로 올라갔다.

40여 명의 동학교도들은 광화문 앞에 엎드려 몇 날 며칠 동안 통곡을 하면서 빌었다.

"부디 저희의 상소를 받아 주시옵소서!"

"우리의 교주 수운 선생의 억울함을 풀어 주소서!"

동학교도들이 상소를 올리려 한다는 보고를 받은 고종 임금은 결국 답변을 내렸다. 그것은 각자 집으로 돌아가 생활하는 데 힘을 쏟으면 소원을 들어주겠노라는 내용이었다. 동학교도들은 하늘로 날아갈 듯이 기뻤다. 그러나 이것은 조정의 교묘한 술책이었다. 이 말을 믿고 사람들이 흩어지자, 이번에는 상소의 주모자를 잡아 처형하겠다고 으름장을 놓은 것이었다. 겁에 질린 일부 교도들은 급히 한양을 떠났다.

상황이 여기에 이르게 될 것을 전봉준은 처음부터 예측하고 있었다. 그래서 자신의 동지인 서인주가 한양으로 떠나기 전에 이미 함께 계획을 짜 놓았다.

"상소가 받아들여지지 않는 즉시 거리 곳곳에 방을 붙이도록 하시오. 나는 이곳에서 사람들을 모아 상황을 봐 가며 한양으로 진격을 하리다."

한양 거리는 마치 벌집 쑤셔 놓은 듯했다. 외국인들이 사는 집 담 벼락마다 난데없는 경고문이 나붙기 시작한 것이다. 일본, 영국, 미국 영사관 앞에도 붙었고, 당시에 서학이라 불리던 기독교 회당 앞

에도 나붙었다.

"너희 일본과 서양 오랑캐들은 선량한 조선을 괴롭히지 말고 한시바삐 너희 나라로 돌아가라. 그러지 아니하면 우리가 힘으로 몰아낼 것이니라."

이것을 본 외국인들은 두려움에 몸을 떨었다. 수만 명의 동학교도들이 한양으로 몰려올 것이라는 소문도 장안에 파다하게 퍼지고 있었다. 나쁜 짓을 일삼던 벼슬아치들 중에는 만약을 대비해서 도망칠 채비를 하는 사람도 있었다.

'일본과 서양 세력을 몰아낸다.'는 뜻의 '척왜양' 운동은 전국 방방곡곡으로 번져 갔다. 전봉준과 동학 지도자들은 백성을 못살게 구는 양반과 벼슬아치들뿐만 아니라 우리나라를 넘보는 일본, 중국, 미국, 프랑스 등 외국 세력과도 맞서 싸우겠다는 각오를 마침내 내보인 것이다.

위기를 느낀 조정은 각 지방 관청에 '동학당을 모조리 잡아들일 것'을 명령했다.

하지만 동학교도들은 그해 3월 충청도 보은, 전라도 금구와 원평, 그리고 경상도 밀양에서 또다시 모였다.

보은에 모여든 동학교도들의 숫자는 수만 명에 이르렀다. 며칠째 비가 내리는데도 교도들은 어디선가 꾸역꾸역 모여들었다. 괴나리봇짐 속에 며칠 동안 먹을 양식을 넣고 허리에는 짚신을 몇 켤

레씩 매달고 왔다. 심지어는 집과 땅 문서를 다 팔아 버리고 한바탕 결전을 치르겠다며 벼르는 사람도 있었다.

이들은 산 아래 평지에 돌로 성을 쌓고는 '척왜양창의'라는 깃발을 처음으로 내걸었다. '창의(倡義)'란 나라가 어려움에 처했을 때 의병을 일으키는 일을 말한다. 알록달록한 갖가지 깃발들이 나부끼는 보은 읍내는 흡사 전쟁터 같았다.

"동학교도들을 탄압하지 말라!"

"일본 놈들과 서양 오랑캐들은 조선에서 물러가라!"

숫자는 보은보다 적었지만, 금구와 원평 쪽도 비슷한 분위기였다. 금구와 원평에서 열린 집회는 전봉준이 최초로 앞에 나서서 주도한 집회였다. 이때 전봉준은 김봉집이라는 가짜 이름을 쓰고 있었다. 푸른 두루마기에 소매 끝이 붉은 옷을 입고 모인 동학교도들 앞에서 김봉집은 말문을 열었다.

"우리는 출세와 착취에 눈이 먼 탐관오리들과 악질 지주들한테 당하고만 있을 수 없어서 여기 모였습니다. 또한 일본을 비롯한 외국 오랑캐들을 이 땅에서 물리치는 것도 중요한 과제입니다. 우리의 의로운 행동은 분명히 죽어 가는 농민들을 살리고, 기울어 가는 나라를 구할 것입니다. 하지만 안타깝게도……."

김봉집, 아니 전봉준은 더 이상 말을 잇지 못하고 자신의 가슴을 쳤다. 구름떼처럼 모인 사람들은 고개를 갸웃거리며 서로 얼굴을

바라보았다.

"이런 결의를 두려워하는 무리들이 우리 내부에도 있음이 원통하기 짝이 없습니다. 여기서 무리하게 뜻을 펼치기보다는, 아쉽지만 뒷날을 기약하는 것이 옳을 듯합니다. 각자 고향과 일터로 돌아갔다가 때가 오면 다시 모이도록 합시다!"

이렇게 해서 군중은 집회를 해산하고 말았다. 그 이유는 전면적인 봉기를 할 준비가 덜 되었다고 집회 지도부가 판단했기 때문이었다. 이후 전봉준을 비롯한 지도부는 집회의 주모자로 지목돼 한동안 몸을 숨기며 쫓겨 다녀야 했다.

천하의 악질, 고부 군수 조병갑

금구 집회 이후, 전봉준은 이리저리 몸을 피해 다니다가 집으로 돌아왔다. 집안은 말이 아니었다.

"아버지, 배가 고파요."

"보리밥이라도 실컷 먹고 싶어요."

"뜨끈하고 구수한 고깃국도요."

아이들은 울면서 배가 고프다고 보챘다.

전봉준은 가슴이 쓰렸다. 아버지로서 자식들에게 세끼 밥조차 제때에 먹이지 못하는 자신이 부끄러웠다. 아이들을 다독거리며 달래 놓고 전봉준은 사방으로 펼쳐진 들판을 바라보았다.

고부 들판에도 가을이 왔다. 그러나 농사를 짓는 사람들은 추수를 할 수 없었다. 지난 여름부터 가을까지 가뭄이 너무나 극심해서, 고부 남쪽 몇 군데를 빼놓으면 낟알이 제대로 익은 곳이 없었다.

어떤 논에서는 한 톨의 쌀도 거두지 못했다.

그럼에도 관리들은 눈 하나 깜짝하지 않았다. 그들은 백성을 보살펴 주기보다는 오히려 못살게 구는 일에 앞장을 섰다. 지방의 군수 같은 관직에 오르기 위해 윗사람에게 돈과 뇌물을 갖다 바치는 일을 서슴지 않았다. 그리고 나서 벼슬을 얻으면 갖은 수단을 다 써서 백성들의 재물을 빼앗곤 했다. 고부는 기름지고 넓은 농토와 해안을 끼고 있어서 농수산물이 아주 풍부한 곳이었다. 그만큼 착취할 것이 많으니까 탐관오리들은 누구나 이곳에 눈독을 들이고 있었다.

고부에 부임한 군수 조병갑도 그런 사람들 가운데 하나였다. 조병갑은 원래 농민들이 쌓았던 만보를 허물었다. 그런 다음, 새로운 보를 쌓아 저수지를 만들어야 한다면서 농민들에게 품삯 한 푼 주지 않고 강제로 일을 시켰다. 더욱이 그 보를 쌓기 위해 남의 산에 있는 수백 년 묵은 나무들을 허락도 없이 마구 베어다 사용했고, 농민들에게는 7백 가마나 되는 수세를 따로 거둬들였다.

조병갑은 황무지를 개간하면 세금을 받지 않겠다고 농민들을 꼬여 놓고는, 정작 추수 때가 되니 강제로 세금을 거두어 갔다. 또한 태인 군수를 지낸 자기 아버지의 공덕비를 세운다며 1천 냥의 돈을 백성들한테서 뜯어 갔다. 그리고 자기 어머니가 죽었을 때에는 2천 냥이나 되는 조의금을 긁어 가기도 했다. 그뿐만이 아니었다.

"너희는 형제끼리 싸움을 했으니 벌금을 내야 하느니라."

"너는 이웃하고 사이가 좋지 않으니 벌금을 내도록 하라."

생활이 그런대로 괜찮은 집을 골라서는, 이런 식으로 말도 안 되는 이유를 들어 돈을 갖다 바치게 했다.

당시 정부에서는 백성들의 세금을 쌀로 거둬들였다. 이것을 대동미라고 했다. 조병갑은 대동미를 거둬들일 때 아주 희고 좋은 쌀로 받아 두었다가, 나중에 한양으로 보낼 때에는 질이 좋지 않은 쌀을 사서 조정으로 올렸다.

조병갑의 죄악은 이루 헤아릴 수 없을 정도였다. 조병갑의 이러한 횡포에 고부 군민들은 도저히 참을 수가 없었다.

"양식 한 톨 없이 다가올 겨울을 어떻게 넘겨야 할지. 쯧쯧."

"인심이 얼마나 각박해졌으면 이웃집에서 보리쌀 한 됫박도 꿔 주지 않더라구."

"조병갑이 죽일 놈이야."

농민들은 너나 할 것 없이 악질 군수 조병갑을 원망했다.

"이러고만 있을 게 아닐세."

"그러면 무슨 좋은 수가 있다는 말인가?"

"용기를 내 보도록 하세."

"어서 말해 보게."

"조병갑이 둘도 없는 악질 벼슬아치이긴 해도 사람의 탈을 쓰고

있지 않은가?"

"음. 사람임에는 틀림이 없지."

"그러니 그자에게 무릎 꿇고 빌어 보면 어떻겠는가?"

"짐승 같은 인간에게 무릎을 꿇자고?"

"어쩔 도리가 없지 않은가? 이대로 모두 죽는 것보다는 한번 용기를 내 보세."

그래서 농민들은 조병갑에게 등소를 올리기로 했다. 등소란 백성의 억울함을 풀어 달라고 관청에 호소하고 건의하는 일을 말한다.

11월의 찬바람이 문풍지 사이로 스며드는 어느 날 밤. 전봉준의 집으로 사람들이 찾아왔다.

"우리가 직접 조병갑에게 빌어 보겠네. 전 접주는 어떻게 생각하는가?"

전봉준은 고개를 저었다.

"조병갑의 잘잘못을 따지는 등소를 올리는 것은 오히려 그를 건드리는 일이 되지 않을까요?"

"하지만 우리가 사람을 모으면 마흔 명은 될 것이네. 전 접주는 이 일에 직접 나서지 말고 건의문만 써 주게."

등소를 해도 소용이 없다는 것을 전봉준은 잘 알고 있었으나. 고민 끝에 건의문을 작성해 주었다.

'등소를 올리는 일이 실패로 돌아가면 주민들은 그 다음에 해야 할 일이 무엇인가를 알게 될 것이다. 조병갑을 몰아내는 방법은 오직 힘을 모으는 것밖에 없다는 것을 깨우치게 될지도 모른다.'

이튿날. 고부 군민들은 관아로 몰려갔다. 전봉준과 김도삼, 정일서 세 사람이 용감하게 앞장을 섰다. 이들은 새로 쌓은 보의 수세를 조금만 내려 달라고 조병갑에게 매달리다시피 호소했다. 그러나 악질 조병갑이 농민들의 호소를 들어줄 리 없었다. 전봉준을 비롯한 몇 사람은 주모자로 지목되어 그만 감옥에 갇혀 버렸다. 그리고 나머지 농민들은 잡혀서 매를 맞거나 쫓겨나고 말았다.

사발통문을 돌려라

 겨울이 깊어 가는 어느 날의 해질 무렵. 전봉준은 고창의 무장 괴 치리에 있는 손화중을 찾아갔다. 손화중은 당시 전라도 일대에서 가장 큰 세력을 가지고 있던 동학의 접주였다.

 "손 접주! 백성들이 당하고 있는 것을 그저 보고만 있을 참인 가?"

 "나도 마음이 무겁고 괴롭다네."

 "알면서도 어찌 가만히 입을 다물고 있는가?"

 "하지만 지금은 때가 무르익지 않았다는 생각이 드네."

 "때라고?"

 "아직은 일어서기에 좋은 시기가 아니라는 말일세."

 "좋은 시기는 그저 오지 않는 법. 백성의 고통이 극심한 지금이 야말로 좋은 때가 아니겠는가. 손 접주. 우리가 동학교도들과 한

맺힌 농민들의 힘을 모아 크게 일어서기만 하면 될 것일세."

전봉준의 말에 손화중은 고개를 끄덕이면서 물었다.

"그렇다면 우리와 뜻을 함께할 동지들이 누가 있겠는가?"

전봉준은 두 눈을 반짝거리며 자신 있게 대답했다.

"태인의 김개남. 금구의 김덕명. 그리고 최경선 접주를 이미 만나 보았네. 하늘도 반드시 우리의 편이라고 믿네."

"나도 전 녹두의 뜻이 무엇인지는 잘 알고 있네. 하지만 나에게 조금만 더 생각할 기회를 주게."

손화중은 매우 신중한 사람이었다. 두 사람은 이튿날 새벽닭이 울 때까지 토론을 벌였다. 뚜렷한 결론을 내지는 못했지만, 전봉준은 언젠가는 손화중과 손을 잡고 대의를 위해 싸울 수 있으리라 믿었다.

전봉준은 다시 이곳저곳으로 동지들을 만나러 다녔다. 비밀을 유지하기 위해 주로 어두운 밤 시간을 이용했다. 살을 에는 듯한 겨울바람에 두 귀가 빨갛게 얼었다. 그러나 전봉준의 가슴속은 무언가 뜨거운 것으로 가득 차 있었다.

어느 날, 전봉준은 믿을 만한 동지들을 고부군 서부면 죽산리에 있는 송두호의 집으로 모이게 했다. 날이 깜깜해지면서 스무 명 남짓한 동지들이 모였다. 비좁은 방 안은 더운 열기로 가득 찼다. 등잔불을 사이에 두고 모여 앉은 사람들은 모두 숨소리를 죽였다.

전봉준이 먼저 입을 열었다.

"목숨이 아깝다는 생각이 들면 지금 이 방을 나가도 좋소."

전봉준은 흙벽에 등을 대고 앉은 동지들을 하나하나 둘러보았다.

"나는 끝까지 전 녹두와 함께 할 것이오."

"두려운 것은 하나도 없소. 나도 무슨 결정이든 따르겠소이다."

몸을 빼는 사람은 아무도 없었다.

"좋소. 동지들, 이제 때는 왔소. 군수 조병갑과 그자에게 빌붙어 사는 악질 아전들을 우리의 손으로 해치우지 않으면, 오히려 우리가 목숨을 이어가지 못할 것이오. 우리 고부 군민들 마음속에 맺힌 원한의 응어리를 우리가 앞장서서 풀어 줘야 할 때가 되었소."

전봉준의 두 눈이 이글이글 불타오르고 있었다.

"우리의 뜻을 군민들에게 알립시다. 누가 밖에 나가서 사발을 하나 가져오시오."

"아니, 난데없이 사발은 어디에 쓰려고 하십니까?"

"다 뜻이 있습니다."

전봉준은 가져온 빈 사발을 흰 종이 위에다 엎고는 둥그렇게 원 하나를 그렸다.

"이 원 바깥으로 각자의 이름을 삥 돌려 적는 겁니다. 그러면 우리의 계획이 들키더라도 주모자가 누구인지 알 수가 없게 되지요."

"아. 정말 그렇군요."

전봉준이 이렇게 치밀한 사람이라는 것을 알고 참석자들은 모두 고개를 끄덕였다. 전봉준, 최경선, 송두호, 김도삼, 손여옥 등 스무 명의 이름을 적어 넣은 이 문서가 바로 그 유명한 사발통문이다.

一. 고부성을 쳐부수고 군수 조병갑의 목을 벤다.
一. 무기고와 화약고를 점령한다.
一. 군수에게 빌붙어 백성을 못살게 구는 아전들에게 벌을
　　내린다.
一. 전주 감영을 함락하고 곧바로 한양으로 진격한다.

이들은 사발통문에 이름과 함께 이와 같이 엄청난 네 가지 결의 사항을 적었다. 사발통문은 이튿날부터 고부군 전체에 몰래 뿌려졌다. 사발통문의 내용을 직접 보거나 귀로 들은 사람들은 마침내 기다리던 것이 왔다는 표정이었다.

"났네, 났어, 난리가 났어. 에이, 참 잘되었지. 그냥 이대로 지내서야 어디 백성이 한 사람이라도 살아남겠나."

전봉준은 눈 쌓인 두승산을 바라보았다. 그 두승산 바로 아래에 고부 관아가 있다. 거기서 거드럭거리고 있는 군수 조병갑의 목을 칠 날짜를 정하는 일만 남았다. 그것은 고부 군민 전체의 원한을 풀어 주는 일이었다.

그런데 계획은 뜻대로 실현되지 못했다. 11월 30일에 조병갑이 익산 군수로 발령이 나고 만 것이다. 다 잡아 놓은 물고기가 그만 그물을 빠져나가고 만 꼴이 되어 버렸다.

불붙은 고부 봉기

드디어 1894년.

우리 역사에서 지워지지 않을 갑오년이 밝았다.

조병갑은 익산 군수로 발령이 났지만 한 달이 넘도록 고부 관아에 머물러 있었다. 그는 전라 감사 김문현에게 끈질기게 아부한 끝에 1월 9일에 고부 군수로 다시 부임을 했다. 고부 군민들은 조병갑이 다시 군수로 임명되었다는 소식을 듣고 치를 떨었다. 그에게 당할 일이 눈앞에 선했다.

'기회는 바로 이때다.'

전봉준은 각 고을의 대표자인 동장과 집강들에게 급히 연락을 취했다.

"온 고을의 백성들이 참고 또 참았지만, 이제는 더 참을 수 없는 지경이 되었소."

태인의 최경선 접주에게도 봉기할 때가 되었음을 알리고 준비를 부탁했다.

정월 보름이 가까워지면 마을마다 풍물을 치는 풍습이 있다.

개갱개갱 개갱깽깨 개갱깽.

풍물패는 꽹과리 소리와 징 소리를 울리며 십여 군데 마을을 돌아다니면서 사람들을 모았다.

"저녁을 먹은 후에 말목장터로 속히 모이시오."

"오늘이 조병갑이 놈 제삿날이오."

"그놈 목을 치러 간대요."

"전봉준 접주가 앞장을 선답니다."

풍물패들은 소곤소곤 귓속말로 연락을 취했다.

흰옷을 입은 농민들이 말목장터로 모여들기 시작했다. 말목장터는 부안. 태인. 정읍으로 가는 삼거리가 있는 곳이다. 그렇기 때문에 각 고을의 농민들이 집결하기 아주 좋은 교통의 요지였다. 어둠 속에서 모습을 드러낸 농민들의 손에는 쇠스랑. 낫. 괭이 그리고 죽창이 들려져 있었다. 수염이 허연 노인과 수건을 머리에 둘러쓴 아주머니들도 모였다. 어린아이들도 덩달아 껑충껑충 뛰며 어른들을 따라 나왔다. 모여든 사람들의 숫자는 순식간에 수천 명을 넘었다. 농민들은 하나같이 올 것이 왔다는 표정이었다. 그래서인지 그들의 눈빛은 어둠 속에서도 불꽃처럼 불타오르고 있었다.

횃불을 환히 밝혀 들고 선 군중들 사이로 이윽고 전봉준이 나타났다. 전봉준은 그의 아버지가 작년에 죽었기 때문에 상복을 입고 있었다. 김도삼. 최경선. 정익서가 전봉준의 양옆에 든든하게 버티고 서 있었다.

"여러분!"

이 한 마디 말을 꺼내자마자 상기된 표정의 농민들은 함성을 내질렀다.

"와아아!"

"전 접주. 당장 조병갑의 목을 치러 갑시다!"

"옳소, 옳소!"

그러나 전봉준은 침착하게 말을 이어갔다.

"우리는 그동안 탐관오리들의 행패 앞에 당하기만 하고 살아왔습니다. 일을 시키면 소처럼 일만 했고. 세금을 내라 하면 세금만 갖다 바쳤습니다. 그런데 가장 악질인 조병갑이 다시 우리 고부군으로 부임해 와 못된 짓을 꾸미고 있습니다. 이제 더는 참을 수가 없습니다. 여기서 주저할 것도 없습니다. 동이 트기 전에 고부 관아로 쳐들어가 우리 세상을 만들어 봅시다. 여러분!"

전봉준의 한 마디 한 마디는 침착했지만 우렁찼다.

농민들은 박수를 치고 고함을 내지르면서 어린아이처럼 좋아서 펄쩍펄쩍 뛰었다. 이제 그들은 단순히 농사를 짓는 농투성이가

아니라, 불의를 참지 못하고 일어선 농민군이 된 것이다.

전봉준은 농민들을 두 패로 나누고 고부 읍내를 향해 달려갔다. 한 패는 두승산 옆 천치재 쪽으로 보내고, 자신은 영원 쪽으로 난 길을 따라 내달렸다. 그 모습은 마치 어둠 속에서 물결치는 도도한 강물과도 같았다.

1월 10일 이른 새벽, 흰 머리띠를 질끈 동여맨 농민들은 고부 관아를 포위했다.

그러나 군수 조병갑은 변장을 하고 재빨리 담을 넘어 도망쳐 버렸다. 조병갑의 밑에서 일을 거들던 아전들도 어디론가 몸을 숨기고 없었다. 그들은 죽창으로 무장을 한 농민군이 너무나 무서웠던 것이다. 고부 관아는 예상보다 쉽게 농민들의 손에 넘어왔다.

"에이, 쥐새끼 같은 조병갑이 놈을 놓치다니!"

농민들은 조병갑을 놓친 것이 분해서 가슴을 쳤다. 끝까지 그의 뒤를 쫓아야 한다는 사람도 있었다. 어떤 사람은 죽창을 땅에다 내리꽂으며 분을 삭였다.

전봉준은 관아의 널찍한 마당에 농민들을 모았다.

"분하게도 조병갑을 놓쳤지만, 이제 고부가 우리 백성들의 것이 되었습니다. 우선 죄 없이 옥에 갇혀 있는 사람들을 풀어 주도록 합시다."

전봉준은 감옥 문을 허물어 불쌍한 사람들을 석방시켜 주었다.

그리고 무기고를 부수었다. 거기에는 농민들이 쥐어 보지 못했던 무기와 화약이 가득했다. 일부는 낫이나 쇠스랑 대신에 화승총으로 무장을 했다.

관아의 곡식 창고를 열어젖히고 가난한 사람들에게 쌀을 골고루 나누어 주었다. 조병갑에게 갖가지 명목으로 빼앗겼던 쌀을 받아든 농민들은 너무 기뻐서 눈물을 흘렸다. 농민들은 조병갑이 가지고 있던 토지 문서와 노비 문서도 불살라 버렸다.

전봉준은 배들평야로 사람들을 보내, 새로 쌓은 만석보를 허물어뜨리도록 지시했다.

"십 년 묵은 체증이 씻겨 내려간 듯하네. 그려."

새 보를 무너뜨렸다는 소식이 전해지자 농민들은 모두 저마다 기뻐했다.

고부읍은 흰 무명 머리띠를 맨 농민들의 물결로 새 세상을 맞이한 듯 활기에 찼다. 농민들은 읍내 곳곳에 장막을 쳤고, 밤이 되자 모닥불을 피우면서 고부읍을 지켰다. 그들은 군사 훈련 한번 받은 적이 없었다. 하지만 정식 군대처럼 질서정연하게 지시에 잘 따랐다.

"나이 많으신 노인이나 어린 소년은 모두 집으로 돌아가 주십시오. 장정들만으로도 충분히 싸움을 할 수가 있습니다."

어린이와 노약자 들을 타일러 집으로 돌려보내고 나서 전봉준은

농민군을 새로 편성했다. 농민군은 청색, 홍색, 백색, 황색, 흑색으로 깃발을 만들어 각 부대를 표시하는 등 규율을 엄격히 지켰다. 그들은 고된 훈련에도 지치지 않았다.

전봉준은 고부 관아에서 악질 아전들을 잡아들여 그들의 죄를 낱낱이 밝혀내고는 벌을 내렸다. 그리고 군민들의 그동안 쌓인 억울함을 시원하게 풀어 주었다.

이런 소식을 전해 들은 고부 근처의 농민들은 전봉준을 받들고 따르는 농민군이 되겠다며 고부로 몰려왔다. 못된 벼슬아치들과 양반들에게 눌려 있던 이들은 제대로 사람대접을 받으며 살고 싶었던 것이다.

가 보세 가 보세
을미적 을미적
병신 되면 못 가리.

당시에 고부 지방에서 널리 불린 이 노래는 무엇을 뜻하고 있을까?

'갑오세(갑오년. 1894년)에 일어난 고부 봉기에 함께 참여해 보세, 미적거리면서 을미년(1895년)까지 봉기를 미루다가는, 병신년(1896년)이 되면 아무것도 못 이루고 실패하고 만다.'는 뜻이다. 참으로 백성들의 슬기와 재치가 엿보이는 노래가 아닐 수 없다.

1월 17일, 고부 관아를 점령했던 농민군은 말목장터로 진영을 옮겼다. 혹시나 있을지도 모르는 전라 감영군의 공격에 대비하기 위해서였다.

그런 우려는 현실로 나타났다. 하루는 전라 감영의 장교 정석희라는 자가 전봉준을 만나러 배짱 좋게 농민군 진영 안으로 들어왔다. 보초를 서던 농민군들이 그의 앞을 가로막았다.

"당신은 누구시오?"

"나는 전라 감사의 명령을 받고 온 사람이다."

"아니, 이자가 겁이 없구나. 감히 여기가 어디라고."

"너희 대장 전봉준은 어디 있느냐?"

정석희는 오히려 큰소리를 떵떵 쳤다.

"고얀 녀석! 말조심 하지 못할까!"

농민군 가운데 한 사람이 그를 죽창으로 내리치려고 할 때 전봉준이 그들 가까이 다가왔다.

"네가 전봉준이냐?"

"그렇다. 너의 정체를 밝혀라."

"나는 전라 감영의 장교 정석희다. 네놈들에게 감사의 명령을 전달하러 왔다."

"너의 용기는 대단하다만, 하늘 무서운 줄 모르고 말버릇이 아주

고약하구나."

"농민군을 즉각 해산하고 집으로 돌아가라. 내가 할 말은 그것밖에 없다."

그의 말을 듣고 전봉준은 크게 소리 내어 웃었다.

정석희도 이에 지지 않으려는 듯 더욱 굵은 목소리로 말했다.

"지금 즉시 해산을 한다면 이제까지의 잘못은 묻지 않겠다."

"너는 백성들의 뜻이 무엇인지를 전혀 알지 못하는구나."

기세가 등등한 전봉준과 농민군 지도부가 정석희의 말을 따를 리 없었다.

그때였다. 수상한 장사꾼 수십 명이 잎담배 짐을 등에 지고 말목 장터에 어슬렁거리는 것을 농민군이 발견했다. 그들은 농민군의 비밀 표시인 노끈을 왼손에 매지 않은 자들이었다. 농민군은 그들을 붙잡아 짐을 뒤져 보았다. 거기에는 놀랍게도 총과 칼 들이 수두룩하게 들어 있었다. 그들은 전라 감사 김문현이 변장을 시켜 정석희와 함께 들여보낸 전라 감영군이었다.

정석희는 정탐을 하러 왔던 것이 들통이 나자 황급히 몸을 피했다. 농민군은 달아나는 정석희의 뒤를 쫓아 죽창을 던졌다. 정석희는 대항도 해 보지 못하고 쓰러졌다가 간신히 살아서 도망쳤다. 농민군의 봉기에 초조해진 전라 감영에서는 야비한 수단으로 전봉준을 해치려 했지만 번번이 실패로 끝나고 말았다.

말목장터가 평지라서 관군과의 전투에 불리하다고 판단한 전봉준은 1월 25일. 주력 부대를 백산으로 옮겼다. 백산은 높이가 겨우 50여 미터밖에 안 되는 야트막한 야산이다. 하지만 정상에 오르면 사방 수십 리가 한눈에 들어오는 곳이다. 게다가 백산의 정상은 꽤 넓고 평평했으며, 삼국시대부터 만들어진 성이 있어서 수백 명의 군사를 배치할 수 있는 유리한 지형을 갖추고 있었다. 농민군은 백산 정상에 흙으로 성을 다시 쌓고 관군의 공격에 철저하게 대비를 했다.

한편 이 무렵. 조병갑은 전주의 전라 감영에 숨어들어 전라 감사 김문현의 보호를 받고 있었다. 김문현은 조병갑과 마찬가지로 백성들을 쥐어짜 재물을 빼앗는 데 눈이 먼 악질 벼슬아치들 가운데 하나였다. 그는 고부에서 농민들이 봉기했다는 사실을 조정에 보고도 하지 않고 자기변명을 늘어놓기에만 급급했다.

조정에서는 고부의 사정이 심상치 않음을 이미 알고 있었다.

"고부 백성들이 난을 일으키게 만든 조병갑을 파면하고. 전라 감사 김문현에게는 감봉 처분을 내리노라."

당시에는 백성이 난을 일으키면. 난을 일으킨 백성과 그 고을 관리 양쪽 모두에게 벌을 내리는 게 관례였다.

2월 15일. 한양의 조정에서는 용안 현감 박원명을 고부 군수로 발령냈다. 그리고 장흥 감사를 지내던 이용태를 고부 안핵사로 임명하는 조치를 취했다. 안핵사란 지방에서 민란이 일어났을 때 이를 수습하기 위해 파견하는 어사를 말한다.

이런 조치들에도 불구하고 농민군은 쉽게 해산하지 않았다. 그러자 김문현은 2월 22일, 고부 부근 11개 읍에 급보를 보내 군사들을 비상 대기시켜 놓도록 명령했다. 하지만 그는 농민군과의 전투를 미리부터 두려워하고 있었기 때문에 감영군을 쉽게 출동시키지는 못했다.

3월 1일, 전봉준의 농민군은 줄포의 전운소 쌀 창고를 습격했다. 이곳은 나라에서 세금 대신 받은 쌀을 보관해 두는 곳이었다. 농민군은 굶주리는 사람들에게 쌀을 나누어 주고, 남은 것은 고부로 가져와 군량미로 썼다.

이 무렵 고부보다 남쪽인 순천과 영광 등지에서도 고부 봉기에 영향을 받은 농민들이 들고 일어났다. 그런데 이 지역 탐관오리들은 농민의 요구를 순순히 들어주었다. 왜냐하면 농민들이 화가 나면 흩어지지 않는다는 것을 고부 봉기 소식을 통해 잘 알고 있었기 때문이다.

고부에 새로 부임한 군수 박원명은 조병갑과는 달랐다. 그는 농민군을 힘으로 누를 수 없다는 것을 알고 타협을 제의해 왔다.

"내가 고부에 부임한 목적은 오로지 백성을 편안하게 하기 위해서다. 지금부터 그대들과 고부군의 살림살이를 함께 의논하고자 하니, 농민군 중에서 몇 사람을 뽑아 관아로 보내 주기 바란다. 모든 것이 고부군을 잘못 다스려 생긴 것임을 인정한다. 이제 여러분이 고향으로 조용히 돌아가 농사를 짓고 지낸다면 그동안의 죄를 묻지 않을 것이며, 잘못된 것들은 하루속히 바로잡겠다."

박원명은 음식상을 차리고 군민들을 불러 모아 농민군을 해산할 것을 설득했다.

"새 군수가 우리를 꾀이는 말일 거야. 저 속임수에 절대로 넘어가지 말아야 해."

"아닐세. 조병갑이 때보다 얼마나 살기가 좋아졌는가. 우리도 돌아가서 올해 농사나 준비하세. 싸움도 좋지만 농사꾼은 땅을 파야 먹고 살지 않는가."

농민군들은 결국 하나둘씩 흩어지기 시작했다. 3월 초가 되자 농민군은 대부분 해산을 했다. 전봉준과 간부들도 그동안 가지고 있던 수백 개의 총과 창을 말목장터 주변 마을에 숨겨 놓고 고부를 떠났다.

농민군이 해산하자. 안핵사로 발령을 받고도 잔뜩 겁을 집어먹고 눈치만 살피고 있던 이용태가 병졸 8백여 명을 이끌고 고부로 들어왔다. 이용태는 관아로 들어오자마자 군수 박원명을 다짜고짜로 꾸짖었다.

"군수는 그동안 도대체 무슨 일을 하고 있었는가?"

"백성들과 농민군을 달래고 있었습니다."

"그것들이 달랜다고 말을 고분고분 잘 듣던가?"

"보시다시피 고부는 상당히 평화를 되찾지 않았습니까?"

이용태는 고개를 옆으로 흔들었다.

"내가 보기엔 그렇지 않은걸. 무식한 백성들은 풀어 주면 안 되지. 기회 있을 때마다 쥐어짜야 꼼짝하지 못하거든."

이용태는 오히려 조병갑을 두둔하며 박원명을 협박했다. 그는 농민군을 역적으로 몰아, 주모자와 참가자를 찾아내야 한다면서 남자들을 굴비 엮듯이 묶어 잡아들였다. 게다가 역졸들이 여자만 있는 집을 찾아가서 짐승과 같은 짓을 해도 눈을 감아 주었다. 그는 동학교도의 집을 샅샅이 뒤지라고 역졸들에게 명령했다. 남자가 농민군에 나간 집의 살림살이는 하나도 남기지 않고 모두 불에 태워 버렸다. 온 고을이 백성들의 피비린내와 신음 소리로 뒤덮였다.

"고부 난리에 참가한 놈들은 모두 동학도들이니, 씨도 남기지 말고 잡아 족쳐야 한다."

그러면서 이용태는 조병갑처럼 백성들한테서 재물을 뜯어내는 일을 잊지 않았다. 그는 거의 미친개처럼 활개를 치고 다녔다. 그리고 밤만 되면 마을에 포졸을 풀어 놓고, 기생을 끼고 앉아서 술판을 벌였다. 고부 관아에서는 밤새도록 거문고 뜯는 소리가 그치지 않앗다. 마을은 무척 어수선해졌고, 이래저래 당하기만 하는 백성의 원한은 더욱 깊어갔다.

그러나 백성의 마음속에 떠나지 않고 깃들어 있는 얼굴이 하나 있었다. 바로 고부 봉기 때 앞장을 섰던 전봉준의 얼굴이었다. 그의 반짝이는 눈빛이 그리웠다. 우렁찬 목소리도 듣고 싶었다.

'전봉준 접주님이. 아. 그분이 다시 오기만 한다면……..'

언젠가는 전봉준이 다시 돌아와 자신들을 구해 줄 것이라고 고부 군민들은 굳게 믿고 있었다.

무장에서 조직적으로 일어선 농민군

전봉준은 고부에서 그리 멀지 않은 무장으로 피신해 있었다. 무장은 손화중 접주가 동학 세력을 아주 크게 펼치고 있는 곳이었다. 김개남, 김덕명, 최경선 접주들도 속속 무장에 도착했다.

전봉준은 동지들의 손을 굳게 잡으며 말했다.

"고부 군민들이 이용태 놈에게 저렇게 당하는 꼴을 보고만 있을 참이오?"

이어 손화중이 입을 열었다.

"이제는 우리들이 힘을 뭉쳐야 할 때가 된 것 같소. 우리 동학교도와 농민들이 한꺼번에 일어나지 않으면 모두가 당하고 말 것이오. 우리 전라도 동학교도가 앞장서서 이 나라 모든 농민을 살려 냅시다. 지금이야말로 싸움을 확실하게 벌일 때라는 생각이 드오. 이제 흔쾌히 전봉준 접주의 뜻에 따르겠소."

그동안 정세를 관망하고 있던 손화중이 마침내 마음을 굳힌 순간이었다.

그러나 농사만 짓던 농민들이 군대를 만들어 탐관오리를 몰아내는 일이 말처럼 쉬운 일은 아니었다. 농민군을 모아 훈련을 시키고 치밀하게 전투를 준비하는 일이 시급했다. 보름 가까이 대나무를 베어 수많은 죽창을 준비하는가 하면, 농민군이 먹을 양식도 미리 확보했다. 이들은 규모나 조직적인 면에서 확실한 군대의 면모를 갖추고 있었다.

드디어 3월 21일.

무장 구시내 들판에는 4천 명이나 되는 농민군 연합 부대가 모였다.

전봉준은 직접 창의문을 써서 선전포고를 했다. 이제 농민군은 일개 군수를 상대로 싸움을 벌이는 게 아니라, 조정을 상대로 싸움을 하겠다고 나선 것이다. '무장기포'라고도 하고 '제1차 농민혁명'이라고도 부르는 동학농민전쟁은 이렇게 무장에서 그 역사적인 첫 막이 올랐다.

"옳다. 이제 올 것이 왔다."

"이놈의 썩어 빠진 세상은 어서 망해야 한다. 망할 것은 하루빨리 망하고, 얼른 새 세상이 와야 한다."

직접 참가하지 않은 사람들도 농민군을 열렬히 성원했다.

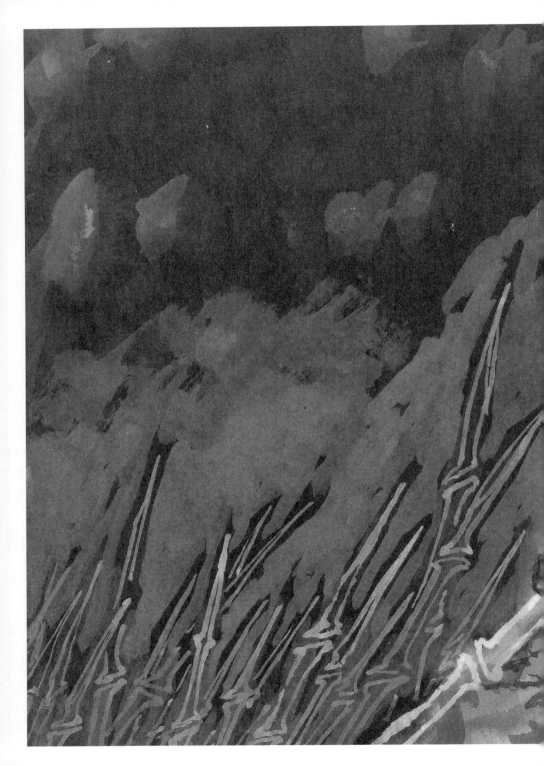

"자, 고부로 가자!"

태인의 최경선도 3백여 명의 농민군을 이끌고 왔다. 말목장터에서 대기 중이던 고부 농민 1천여 명도 농민군에 합류했다.

전봉준은 5천 명이 넘는 농민군을 이끌고 23일 밤, 고부를 다시 손쉽게 점령했다. 온갖 포악한 짓을 일삼던 이용태는 이미 어디론가 꽁무니를 빼고 난 뒤였다. 전봉준은 옥문을 열어 잡혀 있던 사람들을 풀어 주었다. 고부 군민들은 기뻐서 얼싸안고 어쩔 줄을 몰라 했다. 고부는 며칠 사이에 평화를 되찾았다.

전봉준은 농민군 본부를 백산으로 옮겼다. 전주로 치고 올라가자면 지형이 뛰어난 백산에서 적의 공격에 대비해야 했다. 또 나날이 늘어나는 농민군의 전열을 가다듬을 필요도 있었다. 백산으로 수많은 농민군들이 벌떼처럼 모여들었다. 부안, 고창, 정읍, 김제, 태인, 금구, 원평 등지에서 모여든 농민군의 숫자는 8천 명을 웃돌았다. 전봉준은 지방별로 농민군을 다시 편성했다.

이때 전봉준은 농민군 최고 지도자인 총대장으로 추대되었다. 그리고 그 밑의 총관령에 손화중과 김개남, 총참모에는 김덕명과 오시영, 영솔장에 최경선, 비서에는 송희옥과 정백현이 뽑혔다. 농민군은 이제 막강한 연합군이 된 것이다.

3월 26일, 전봉준은 백산에 '호남창의대장소'를 설치하고, 드디어 총궐기를 호소하는 격문을 전국으로 띄웠다.

우리가 정의를 위하여 여기에 이른 것은 본뜻이 결코 다른 데 있지 아니하고 백성을 도탄 속에서 건지고 국가를 반석 위에 두고자 함이다. 안으로는 악질 관리의 목을 베고, 밖으로는 횡포한 강적의 무리들을 물리치고자 함이다. 양반과 부자들 앞에서 고통 받는 민중과 방백과 수령 밑에서 굴욕을 받는 아전들은 우리와 같이 원한이 깊은 자들이다. 조금도 주저하지 말고 이 시각으로 일어서라. 만일 기회를 잃으면 후회하여도 돌이키지 못하리라.

갑오년 3월
호남창의대장소 백산에서

이 도도한 격문은 사방으로 전해졌다. 전라도의 거의 모든 지역에서 수많은 농민들이 백산으로 달려왔다. 게다가 못된 수령 밑에서 눈치만 보던 말단 아전들마저 농민군이 되겠다며 찾아오기도 했다. 농민들이 일손을 팽개치고 이렇게 백산으로 떼 지어 몰려온 까닭이 무엇일까? 말할 것도 없이 탐관오리들과 양반들의 행패를 참을 수가 없었기 때문이다. 전봉준 장군과 함께 전주성을 함락시키고 한양으로 진격할 그날을 위해 그들은 기꺼이 목숨을 바치고자 했다.

더욱이 이 무렵에는 목숨을 이어갈 양식조차 떨어진 사람들이 많았다. 옛날부터 보리를 수확하기 직전인 4월과 5월을 '보릿고개'라 일컬었다. 보릿고개를 버티지 못해 수많은 사람들이 굶어 죽기도 했다.

그런데 백산의 농민군 부대에는 먹을 것이 많았다. 농민군으로 직접 참여하지는 않았지만 생활이 괜찮은 백성들이 스스로 밥을 지어 나른 덕분이었다. 어떤 사람은 큰 솥에다 고깃국을 끓여 날랐고, 반찬을 만들어 나르는 사람도 있었다. 이러니 농민군에 참가하는 것은 그야말로 꿩 먹고 알 먹는 격이었다. 정의를 위해 싸우면서 배도 곯지 않을 수 있었으니까 말이다. 백산 주변은 마치 날마다 잔치가 열리는 것 같았다.

"엿 사려. 졸깃졸깃한 울릉도 호박엿이오."

"농민군 님들, 술도 조금 드시고 훈련을 받으세요."

엿장수와 술장수, 그리고 짚신 장수까지 백산은 온통 사람으로 들끓었다.

'앉으면 죽산, 서면 백산'이라는 말이 이 무렵부터 유명해졌다. 농민군이 훈련을 할 때, 자리에 앉으면 죽창이 산처럼 솟아오르고, 일어서면 농민군의 흰옷이 온 산을 다 덮는 것처럼 보인다는 뜻이었다.

전봉준 장군은 농민군이 반드시 지켜야 할 '농민군 4대 행동 강령'을 백산에서 선포했다.

첫째. 사람을 함부로 죽이지 않고 남의 가축을 잡아먹지
　　　않는다.
둘째. 충성과 효도를 다하여 세상을 구하고 백성을 편안
　　　하게 한다.
셋째. 왜놈을 몰아내고 나라의 정치를 바로잡는다.
넷째. 군대를 몰고 한양으로 쳐들어가 권세를 부리는 놈들
　　　을 없앤다.

"전봉준 장군 만세!"
"동도대장 만세!"
"농민군 만세!"

농민군은 하늘이 떠나가도록 만세를 불렀다. 전봉준 장군을 일
컫는 '동도대장'이라는 글자를 대장기에 크게 써 넣었다. 또한 나라
를 구하고 백성을 편안하게 한다는 뜻으로 '보국안민(輔國安民)'이
라는 네 글자의 깃발도 내걸었다.

"우리는 사람을 업신여기고 억누르는 무리들을 내쫓기 위해 일
어섰습니다. 그러므로 무엇보다 사람을 귀중하게 여겨야 하겠습니
다."

전봉준 장군은 농민군이 사람을 대할 때 지켜야 할 12가지 규
칙을 구체적으로 제시했다. 이것은 농민군이 엄정한 기강을 확립

하고 규율을 지키는 군대로서의 체제를 과시하는 것이었다.

　一. 항복한 사람은 용서할 것

　一. 어려움에 처한 사람은 구해 줄 것

　一. 남을 괴롭힌 사람은 쫓아 낼 것

　一. 순종하는 사람은 존경할 것

　一. 도망치는 사람은 쫓지 않을 것

　一. 굶주린 사람은 먹일 것

　一. 교활한 사람은 타이를 것

　一. 가난한 사람은 도와줄 것

　一. 충성스럽지 못한 사람은 없앨 것

　一. 거역하는 사람은 목을 칠 것

　一. 병든 사람에게는 약을 줄 것

　一. 불효한 사람에게는 벌을 내릴 것

통쾌한 첫 승리, 황토재 전투

　백산에 진을 친 지 며칠이 지났으나, 전라 감영군은 감히 공격해 올 엄두를 내지 못했다. 그들은 농민군의 기세에 눌려 눈치만 보고 있었다.

　전봉준과 농민군은 전주성을 향해 진격을 개시했다. 전라 감영이 있는 전주를 함락시키는 것은 전라도 전체를 손에 쥐는 것과 마찬가지였다. 3월 29일 저녁에 태인을 점령하고, 4월 1일에는 원평쪽으로 함성을 지르며 진출했다. 농민군은 '보국안민'과 '동도대장기'를 앞세우고, 청·홍·묵·백·황의 다섯 가지 색깔의 기로 부대의 방향을 표시했다. 이렇게 질서정연한 농민군 부대를 가로막을 자는 없었다. 관청의 아전들도 농민군에 속속 참여하고 있었다.

　이때 전라 감사 김문현은 어쩔 줄 모르고 있다가 뒤늦게 조정에 이 사실을 보고했다. 급기야 조정에서는 4월 2일, 홍계훈을 양호

초토사로 임명하여 훈련이 잘된 경군 8백 명을 이끌고 농민군을 쳐부수라고 명령을 내렸다. 경군은 원래 장위영 군대로서 조선 최고의 정예군이었다. 이들은 외국인 교관으로부터 신식 군사 훈련을 받았으며, 외국에서 구입한 신식 무기와 대포로 단단히 무장을 하고 있었다.

4월 3일. 김문현도 비로소 감영군을 출동시켰다. 김문현은 이경호에게 7백여 명의 부대를 주고, 떠돌이 장사꾼인 보부상들로 구성된 6백여 명의 군대를 송봉희에게 주었다. 이 소식을 들은 전봉준과 농민군의 주력 부대는 태인 쪽으로 재빨리 후퇴를 하는 척했다. 그것은 전봉준의 작전이었다.

"장군님, 왜 싸워 보지도 않고 꽁무니를 빼는 겁니까?"

"적들이 무서워서 도망치는 게 아니오. 감영군과 직접 맞붙으면 아무래도 우리의 피해가 적지 않을 것이오. 감영군을 유인하는 것이오."

"어떻게 유인을 하는 겁니까?"

"우리가 부대를 나누어 도망치는 척하면 감영군도 갈라져서 우리를 따라올 것이오."

전봉준은 백산에 주력 부대를 남겨 놓고, 농민군 일부를 부안 쪽으로 보내 동헌을 공격하게 했다. 그러자 감영군은 곧바로 부안으로 쫓아왔다. 농민군은 싸움에 밀리는 척하면서 부대를 반으로 나누어 한 패는 고부 쪽으로 도망을 쳤다. 전봉준은 이 부근의 지형을 누구보다 잘 알고 있었다. 그는 감영군을 황토재로 끌어들이기 위해 일부러 달아나는 시늉을 했던 것이다.

감영군을 지휘하는 이경호는 자신만만했다.

"아니. 저놈들은 싸우지도 않고 도망만 다니니 싱겁기 짝이 없구나. 이 버러지 같은 놈들. 내가 몰살을 시킬 테니 두고 보아라."

사실 이경호가 떵떵 큰소리를 칠 만도 했다. 신식 총과 대포로 무장한 감영군에 비해 농민군이 가진 무기는 너무나 초라했다. 구식 화승총이 아니면 칼이나 낫. 대나무를 깎아 만든 죽창이 대부분이었으니까.

농민군은 밀리는 척하면서 고부의 천태산 자라고개를 넘었다. 황토재에서 다른 부대와 합류해 진을 치기 위해서였다. 감영군은 황토재까지 추격해 왔다. 농민군은 다시 거기서 5리쯤 떨어진 시루봉으로 가 머물면서 적을 기다렸다.

날이 어두워지자 감영군은 더 이상 농민군을 추격할 수 없었다. 아침부터 부슬부슬 내리던 비가 그치기 시작하자 감영군은 황토재 언덕에다 진을 쳤다.

밤이 깊어지면서 사방을 분간할 수 없을 정도로 안개가 끼기 시작했다. 농민군 진영에서 아무 소리도 들리지 않자 감영군은 더럭 겁이 났다. 농민군이 순식간에 기습해 올지도 모른다는 불안감이 그들을 감쌌다. 두려운 나머지 감영군은 소나무를 베어 진영 곳곳에 불을 환하게 피웠다. 감영군은 매우 어리석었다. 어두운 밤에 불을 피우는 것은 상대방에게 자기 위치를 알려 주는 것과 같기 때문이다.

"이제 안심하고 술이나 한잔 하자구."

"그래, 좋지. 나한테 한잔 따르게나."

"이렇게 고생할 줄 알았더라면 농민군 토벌에 참가하지 않았을 거야."

"이 사람아, 쓸데없는 소리 말고 술이나 더 마셔."

"끄윽, 난 벌써 취했는걸. 잠이나 푹 자 둬야겠어."

"까짓것 맘대로 하라구. 도망만 다니는 농민군을 겁낼 거야 없지."

감영군들의 진영은 엉망으로 흐트러져 있었다.

그 사이에 농민군은 황토재를 세 방면으로 둘러싸고 매복을 하고 있었다. 감영군은 꼼짝없이 농민군에게 포위된 것이다.

"공격 개시!"

드디어 공격 명령이 떨어졌다. 이때가 4월 7일 새벽이었다.

"와아! 이놈들, 농민군 맛 좀 봐라!"

농민군의 화승총이 어둠 속에서 불을 뿜었다. 포위된 채 갑자기 기습을 당한 감영군은 독 안에 든 쥐 꼴이었다. 감영군과 보부상 부대 1천여 명은 엎어지고 자빠졌다. 달아나는 적의 등짝에는 죽창들이 수없이 날아가 꽂혔다. 감영군은 저항 한번 해 보지 못하고 마른 수숫대처럼 픽픽 쓰러졌다.

전투는 먼동이 틀 때까지 계속되었다. 안개도 걷히고 있었다. 농민군은 검은 옷을 입은 감영군과 등에 붉은 도장이 찍힌 옷을 입은 보부상군을 끝까지 쫓아가 죽창과 칼을 휘둘러 댔다. 그러나 흰옷을 입은 병사는 해치지 않았다. 그들은 이번에 임시로 뽑혀 온 민간인 부대였다.

날이 밝아 오고 있었다. 황토재 아래 물을 가두어 놓은 논에는 감영군과 보부상군의 시체가 수백 구 쓰러져 있었다. 논물은 피로 벌겋게 물들었다. 감영군의 우두머리인 이경호도 죽어 있었다.

"녹두장군님, 여기 좀 와 보십시오."

"무슨 일인가?"

"죽은 감영군 중에 여자들 시체가 섞여 있는 게 이상합니다."

남자로 변장한 여자들의 시체는 감영군들이 강제로 끌고 와서 희롱하던 민간인이었다.

전봉준은 부드득 이를 갈았다.

"이 죽일 놈들! 사람의 탈을 쓰고 이럴 수가!"

그뿐만이 아니었다. 감영군의 장막 안에는 여러 고을에서 약탈한 가락지와 비녀 들이 가득했다. 그들은 전주 감영에서 출동한

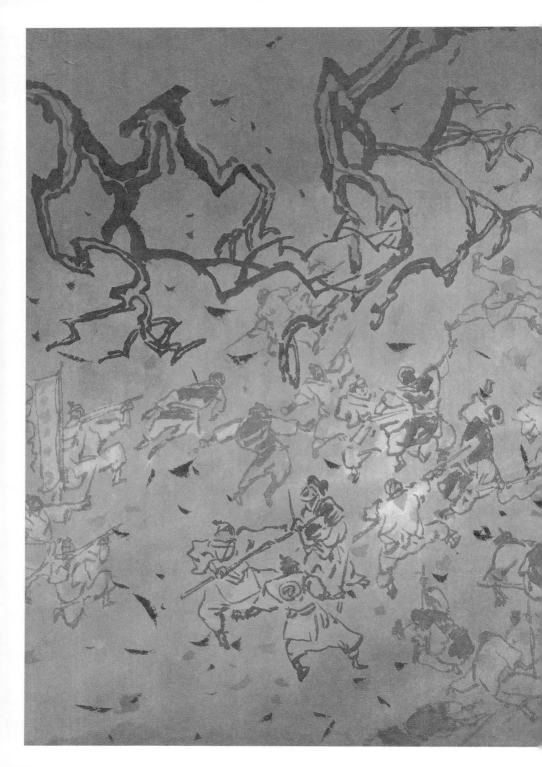

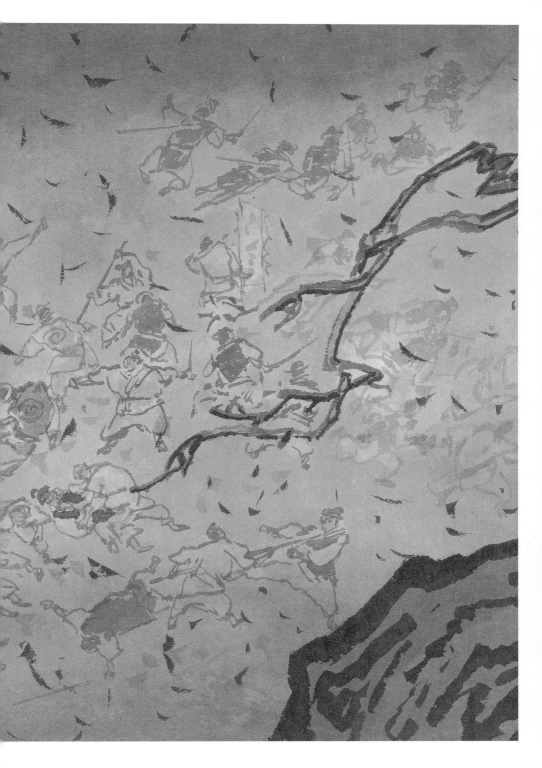

이후 여러 마을을 지나면서 강도와 다름없는 짓을 일삼았던 것이다. 이즈음 조선 봉건 사회는 조정의 벼슬아치들은 물론 지방의 말단 군인들까지 이렇게 썩을 대로 썩어 있었다.

농민군은 관군과의 첫 전투에서 완벽한 승리를 거두었다. 농민군은 2백여 자루의 구식 화승총과 죽창을 가지고서 잘 무장된 감영군을 전멸시켜 버린 것이었다.

"장군님, 육백 자루의 감영군 총이 우리 것이 되었습니다."

농민군은 전봉준에게 이번 전투의 성과를 자랑스럽게 보고했다. 이 무기들로 무장을 하니 농민군은 더욱 힘이 솟았다. 농민군의 기세는 하늘을 찌를 듯했다. 이날 황토재 전투는 전봉준 장군이 지휘관의 능력을 십분 과시한 빛나는 승리로 역사에 기록되었다. 농민군은 또 이 첫 승리를 통해 부패한 세상을 바꿀 수 있다는 자신감을 얻었다. 이제는 두려운 것이 없었다.

남쪽으로 향하는 농민군

황토재 전투에서 농민군이 통쾌한 승리를 거두었다는 소식은 삽시간에 전국으로 퍼져 갔다.

"세상이 드디어 뒤집힌 거야."

"이제 우리가 기를 펴고 살 수 있는 세상이 왔어."

그동안 착취당하고 억눌려 살던 농민들은 너나없이 마치 자기일처럼 기뻐했다.

전라도 농민군의 승리에 영향을 받아 다른 지방에서도 농민들이 들고 일어났다. 경상도 김해의 농민들은 관아로 쳐들어가 김해부사 조준구를 멍석에 말아 멀리 내쫓았다. 충청도 회덕, 공주 등지에서도 농민들이 관아를 점령해 무기고를 부수고 불쌍한 죄인들을풀어 주었다. 충청도 진잠에서는 농민들이 당시 재상을 지낸 신응조의 손자 신일영과 그 가족들을 붙잡아 왔다. 그의 집안은 포악한 짓을 너무나 많이 저질러서 백성들의 깊은 원한을 사고 있었다.

"이따위 도적놈의 자식은 다시는 나쁜 짓을 못 하게 씨를 말려야 해!"

분노한 농민들은 신일영의 아들을 묶어 놓고 불알을 까 버렸다.

전봉준 장군에 대한 소문은 꼬리에 꼬리를 물고 번져 갔다. 고을 마다 두세 명만 모이면 전봉준 장군 이야기로 꽃을 피웠다. 남녀노소 할 것 없이 녹두장군 이야기를 하며 백성들은 주먹을 쥐었다.

"녹두장군은 총을 맞아도 끄떡없고, 총알도 장군을 피해 간대, 글쎄."

"바람을 타고 다니면서 하늘의 구름을 마음대로 주무른다더군."

"일곱 살 난 아기 장수와 열네 살 난 소년 장수가 녹두장군을 돕는다고 하더군."

"녹두장군과 맞서는 관군의 총구멍에서는 총알 대신에 물이 나온대."

"정말 대단한 양반이야. 암. 하늘이 내리신 분이지."

신기한 소문은 끝도 없었다. 전라도 고부의 동학 접주 전봉준은 이제 온 백성이 우러러보는 장군이 되어 가고 있었다.

한편 농민군이 황토재 전투에서 승리한 그날. 한양에서 내려 보낸 홍계훈이 비로소 전주성에 들어왔다. 청나라가 제공한 세 척의 기선을 타고 군산항에 도착한 지 이틀 만이었다. 그런데 전주에 도착해서 인원을 점검해 본 결과, 800여 명의 병사들 가운데 절반 가까이 달아나고 없었다. 감영군이 황토재에서 패전했다는 소식을 듣고 한양에서 온 조선 최고의 정예 부대인 경군도 농민군에게 잔뜩 겁을 집어먹고 있었다.

더욱이 도망친 경군 중에는 전봉준 장군이 이끄는 농민군에 들어온 사람도 많았다. 민심은 이미 못된 탐관오리들보다는 전봉준과 농민군 편으로 기울어 있었다.

황토재 승리의 기세를 몰아 전봉준 장군은 이날 곧바로 정읍 관아로 쳐들어갔다. 관아를 점령한 농민군은 보부상들의 집과 가게를 불태웠다. 그들 중에는 백성을 괴롭히는 불량배가 많았고, 감영군의 편을 들었기 때문에 따끔한 맛을 보여 줄 필요가 있었다.

그날 밤. 정읍의 소성 삼거리에서 하룻밤 묵는 동안 농민군 지휘부의 작전 회의가 열렸다. 전봉준, 손화중, 김개남, 김덕명, 오시영, 최경선 장군 등이 빙 둘러앉았다.

"홍계훈의 경군이 전주에 도착했다는 소식이오. 이에 어떻게 대처하면 좋겠소?"

"경군도 절반 가까이 줄행랑을 친 것으로 봐서 허수아비나 다름없다는 생각이 듭니다. 그러니 주저하지 말고 전주로 진격을 합시다."

"제 생각은 다릅니다. 황토재 싸움에서 이겼다고 자만해서는 안 될 것 같습니다. 우리 농민군은 무장에서 전면적으로 일어난 지 한 달도 채 되지 않았습니다. 실제 전투 경험이 부족한 게 사실입니다."

"그렇습니다. 여기서 전주로 가 경군과 정면으로 맞서는 것보다는 남쪽으로 기수를 돌립시다. 우리는 농민군을 조금 더 모아 힘을 키울 필요가 있지 않을까요?"

"무기와 화약 확보에도 그 길이 좋겠습니다."

여러 장군들의 의견은 대체로 비슷했다. 전봉준은 마침내 결론을 내렸다.

"철통같은 전주성에서 경군과 싸우는 것은 아무래도 위험 부담이 클 것 같소. 남쪽 지방을 돌면서 경군을 유인하도록 합시다. 경군이 전주성을 벗어나면 한낱 종이호랑이에 불과할 것이오. 그때 승리는 우리 것이 틀림없소이다. 자, 오늘은 편히 쉬고 내일은 흥덕과 고창으로 진격합시다."

원래 손화중과 김개남, 그리고 김덕명은 동학 교단의 서열로 따지면 전봉준보다 높은 지위에 있는 대접주였다. 하지만 그들은 전봉준을 총대장으로 추대하고 존경했다. 그만큼 전봉준의 성품이 남달랐고 지도력이 뛰어났기 때문이다.

4월 8일, 전봉준은 흥덕에 이어 고창을 점령했다. 고창에는 오래

전부터 농민들을 못살게 굴던 은대정이란 갑부가 살고 있었다. 농민군은 그의 집에다 불을 질렀다. 대궐처럼 크고 넓은 기와집이 불길에 휩싸이자 고창의 농민들은 환호성을 내질렀다. 주민들은 쌀을 모아 농민군이 먹을 밥을 지어 왔다. 전봉준 장군과 농민군이 너무 고마워서였다.

4월 9일. 무장 관아도 농민군이 점령했다. 손화중 대접주 아래 있던 동학교도 40여 명이 옥에 갇혀 있다가 이날 풀려났다. 농민군들은 무장읍 서남쪽에 있는 여시뫼봉에 진을 쳤다. 그리고는 간간이 대포를 쏘아 기세를 드높였다. 홍계훈이 이끄는 경군이 쳐들어올 것에 대비하면서 전봉준은 무장에서 사흘 동안 전열을 가다듬었다.

4월 12일 아침. 전봉준은 농민군을 이끌고 무장을 출발하여 영광으로 쳐들어갔다. 농민군의 숫자는 이미 1만 명을 넘어서고 있었다. 흙빛 수건을 머리에 질끈 동여맨 농민군은 물밀듯이 영광 관아로 밀려갔다. 겁을 집어먹고 있던 군수 민영수는 이미 법성포로 달아나고 관아는 텅 비어 있었다. 민영수는 법성포 창고의 쌀을 싣고 바다 한가운데로 도망을 쳤다. 이처럼 못된 관리들은 농민군이 들이닥친다는 소식이 오면 자신의 몸부터 피하기에 바빴다. 농민군에게 잡히면 그동안 저지른 나쁜 짓이 들통이 나서 언제 죽을지 몰랐기 때문이다.

전주성에 내려와 있던 홍계훈은 한 가지 큰 실수를 저질렀다. 홍계훈은 자기와 비슷한 계급인 전주 감영의 장교 김시풍을 유난히 미워했다. 김시풍은 전주 사람으로, 호남에서 칼을 가장 잘 쓰는 뛰어난 무인이었다. 그는 초토사가 되려고 했지만, 농민 전쟁이 일어나자 그 자리를 홍계훈에게 빼앗긴 사람이었다. 이 사실을 아는 홍계훈은 늘 불안했다. 더욱이 홍계훈이 농민군을 두려워하고 있다는 소문이 전주성 안에는 파다하게 퍼져 있었다. 그래서 홍계훈은 포졸들을 시켜 김시풍을 잡아들이라고 지시를 내렸다.

홍계훈은 김시풍을 앞에 앉혀 놓고 난데없는 질문을 던졌다.

"네가 전봉준과 내통하고 있다는데 그게 사실이냐?"

홍계훈이 따지듯이 물었지만, 김시풍은 당당하게 대들었다.

"이유 없이 사람을 몰아붙이지 마시오. 당신은 초토사로서 적을 무찌르러 출동을 해야지. 왜 전주 감영에만 틀어박혀 있는 것이오? 나는 그게 불만일 뿐이오."

"아니, 뭐라고?"

"농민군이 그렇게 겁이 나오?"

홍계훈은 가슴이 뜨끔했다. 휘둥그레진 눈으로 그는 소리를 냅다 질렀다.

"아니, 적과 내통한 놈이 내 얼굴에 먹칠을 하다니! 여봐라, 이놈을 풍남문 밖으로 끌어내 목을 쳐라!"

"하늘이 두렵지 않소? 당신이 옳은지. 내가 옳은지는 역사가 반드시 심판해 줄 것이오."

김시풍은 끌려가면서도 기죽지 않고 호통을 쳤다.

홍계훈은 김시풍을 죽인 뒤에. 전라 감영군의 우두머리로서 날래고 똑똑한 정석희도 많은 사람들이 보는 가운데 목을 베어 죽였다. 그는 고부 봉기 때 농민군 진영에 겁도 없이 들어갔던 장교인데. 그 역시 전봉준과 내통했다는 혐의를 덮어씌웠다. 홍계훈이 아까운 두 사람을 처형하고 나자. 사람들은 모두 그를 비웃었다. 그는 스스로 자신의 양쪽 팔을 떼어 낸 꼴이 되었다.

4월 16일. 전봉준은 영광을 출발하여 함평으로 향했다. 농민군은 이제 아주 훌륭한 군대로 짜여졌다. 창끝에 '동도대장'. '보국안민'. '제폭구민'이라는 깃발을 꽂고 흐트러짐 없이 행군을 했다. 농민군 중에는 말을 탄 장수가 1백여 명이나 되었고. 갑옷을 챙겨 입은 농민군도 많았다. 그리고 총을 멘 농민군들의 어깨에는 '궁을(弓乙)'이라는 부적이 붙어 있었다. 그들은 그 부적이 목숨을 지켜 준다고 믿었다.

"궁궁을을. 궁궁을을."

그들은 행군 중에 입을 모아 주문을 외기도 했다.

함평으로 가는 길가에는 봄이 한창 무르익어 있었다. 희뿌연

하늘로 종달새가 높이 날아오르고, 들에는 온갖 꽃들이 다투듯 피어 있었다. 보리가 익어 가는 푸른 보리밭은 물결처럼 넘실거렸다. 멀리서 농민군을 보고 손을 흔드는 농부 할아버지도 보였다.

한번은 이런 일이 있었다. 진달래를 꺾어 총 끝에 꽂은 농민군 한 사람이 콧노래를 흥얼거리며 가다가 그만 길가의 보리밭을 밟고 말았다. 이것을 본 전봉준은 잠시 행군을 멈추게 하고 그 농민군을 불렀다.

"가난한 백성의 재산을 늘 소중히 하라 했거늘. 피땀으로 일군 남의 보리밭을 어찌 짓밟는단 말인가! 의로운 우리 농민군은 길가의 풀 한 포기도 소중히 여겨야 하는 법. 하물며 보리는 백성을 먹여 살리는 보배로운 곡식이 아니던가?"

전봉준은 호되게 나무라며 꾸짖었다.

"장군님, 이번만 용서해 주십시오. 다시는 이런 일이 없도록 하겠습니다."

"어서 자네가 밟은 보리를 일으켜 세우도록 하고, 앞으로는 단단히 주의를 하게."

그 농민군은 되돌아가 쓰러진 보리를 세웠다. 이것을 본 농민군들은 전봉준 장군을 더욱 흠모하고 떠받들지 않을 수 없었다. 전봉준은 정말 백성을 위해 일어섰고, 오직 백성을 위해 싸우는 장군이었다.

"적과 싸울 때는 칼에 피를 묻히지 않고 이기는 법을 알아야 한다. 어쩔 수 없이 싸움을 벌이더라도 사람의 목숨을 가장 귀중히 여겨야 한다. 또한 효자와 충신이 살고 있는 마을 가까이에는 군대를 주둔시키지 않도록 하라."

그는 농민군 총대장이었지만. 오만한 양반이나 벼슬아치와는 너무나 달랐다. 이와는 달리 관군은 포악하고 백성들에게 심한 행패를 부리곤 했다. 농민군을 잡는다는 핑계로 마을을 뒤져 닭이나 개를 한 마리도 남기지 않고 빼앗아 갔다. 게다가 젊은 여자들을 제멋대로 희롱했다. 그래서 관군이 휩쓸고 지나간 마을은 부녀자들의 울부짖는 소리가 그치지 않았다.

농민군이 함평까지 장악하자. 전주의 홍계훈은 지원군을 보내 달라고 조정에 다시 요청을 했다.

"전하. 한양의 지원군뿐만 아니라 청나라 군사를 어서 불러 주시옵소서. 지금 농민군의 기세를 꺾지 않으면 조정이 위험하옵니다. 그러자면 청나라의 힘을 빌리지 않을 수 없사옵니다."

홍계훈은 정말 어리석기 짝이 없는 자였다. 외국 군대를 우리나라에 불러들인다는 것. 이것은 집안의 열쇠를 강도에게 주는 것과 마찬가지라는 것을 그는 모르고 있었다. 옛날에 신라도 당나라 군사를 불러들였기 때문에 결국은 반쪽 삼국 통일밖에 이루지 못했던 것이다.

당황한 조정에서는 강화도를 지키고 있던 총제영 병사 4백여 명을 전주로 내려 보냈다. 이어 농민군을 진압하지 못한 책임을 물어 전라 감사 김문현을 파면하고, 김학진을 전라 감사에 새로 임명했다. 그리고 고종 임금이 직접 못된 탐관오리들을 다스리겠다는 글을 각 지방에 내려 보냈다. 그것엔 기세등등한 농민군을 달래 보자는 의도가 깔려 있었다.

분노한 농민군이 이 말에 속아 넘어갈 리 없었다. 봉건 조선 왕조의 운명이 이미 옆으로 기울어져 있었다.

4월 18일과 다음 날, 전봉준은 나주 목사 민종렬과 전주에 있던 초토사 홍계훈에게 각각 편지를 보냈다.

"오늘 우리들의 의거는 위로는 나라에 보답하고, 아래로는 백성을 편안하게 하기 위함이다. 여러 마을을 지나오면서 탐관오리에게는 벌을 내리고, 청렴한 관리에게는 상을 주며, 아첨하려는 자들은 모조리 내쫓으려는 것이 우리의 본뜻일 뿐이다. 그러니 각 읍에서 모은 군인들을 모두 해산하고, 갇혀 있는 동학교도들을 즉시 풀어 준다면 우리는 나주로 쳐들어가지 않겠다."

이 편지를 받은 민종렬과 홍계훈은 벌컥 화를 냈다. 그렇지만 전봉준의 농민군을 공격해 오지는 못했다. 그들은 농민군이 너무 무서웠던 것이다.

한양에서 지원군이 온다는 연락을 받은 홍계훈은 더 이상 전주성에 머물러 있을 수 없었다. 그래서 바로 군대를 이끌고 전주를 출발했다. 농민군의 위력을 아는 교활한 홍계훈은 서두르지 않았다. 금구, 태인, 정읍, 고창을 거쳐 농민군의 뒤를 느릿느릿 추격했다.

전봉준은 주력 부대의 행방을 숨기려고 계속 패를 나누어 행군을 시켰다.

홍계훈은 전주에서 이틀이면 당도할 영광에 나흘이나 걸려 도착을 했다. 하지만 영광에는 웬일인지 농민군이 한 사람도 남아 있지 않았다.

"우리의 계획대로 홍계훈이 영광까지 들어왔다. 이제 기수를 북쪽으로 돌려라!"

행군 방향을 바꾸라는 나팔소리가 울렸다. 전봉준 장군은 갑자기 농민군의 앞머리를 장성 쪽으로 돌렸다.

황룡촌 전투에서 경군을 무찌르고

"적들이 나주를 친다는 소문이 들렸는데, 어찌하여 장성으로 향했다는 말이냐?"

영광에서 농민군의 움직임을 살피고 있던 홍계훈은 도무지 갈피를 잡을 수 없었다. 우왕좌왕하는 가운데 희소식이 들려왔다. 영광의 법성포에 경군의 지원 부대가 도착했다는 전갈이 왔다. 이에 자신감을 얻은 홍계훈은 선발대 파견 명령을 내렸다.

"삼백 명의 군사를 줄 터이니 대관 이학승은 장성 쪽으로 출동하라. 다만 섣불리 공격하지는 말고 적의 동태를 살펴 즉시 보고하도록 하라."

4월 23일. 장성에 이른 이학승은 황룡강 건너편 월평장터에 내려와 점심밥을 먹고 있는 농민군을 발견했다. 농민군의 숫자는 예상보다 어마어마하게 많았다. 장성에는 전라도 전체의 농민군이 총집결해 있었기 때문이다. 농민군은 명령만 떨어지면 전라 감영이 있는 전주로 진격할 태세였다.

이학승은 농민군 진영에 너무 가까이 다가와 있다는 것을 뒤늦게 알아차렸다. 1만 명이 넘는 농민군에 비해 경군 3백 명은 너무 초라해 보였다. 그는 더럭 겁이 났다.

"무조건 대포를 쏘아라!"

느닷없는 경군의 대포 공격이 시작되었다. 포탄은 장터에서 한가하게 밥을 먹고 있던 농민군에게 명중되었다. 농민군 40여 명이 그 자리에서 죽고 말았다. 이학승은 밥 먹는 호랑이의 수염을 건드리고 만 것이다. 농민군은 재빨리 삼봉 마을로 몸을 피해 대열을 가다듬었다.

"학이 날개를 편 모양으로 넓게 진을 치도록 하라."

"경군의 숫자는 많지 않다. 정신을 바짝 차려야 한다."

"적이 가까이 다가오면 그때 장태를 굴려라."

전봉준은 이번에 새로 개발한 장태라는 무기를 사용하도록 명령했다. 농민군들은 수십 개의 장태를 산 아래로 굴렸다. 이번에 첫선을 보인 장태라는 무기는 닭을 키우는 닭장태에서 착안해서 만든 것이었다. 크고 푸른 대나무를 둥글게 엮어 수레바퀴처럼 구르도록 했고. 장태 안에는 볏짚을 가득 채워 넣었다. 적들이 활을 쏘면 화살이 볏짚에 날아와 힘없이 꽂혔다. 장흥의 동학 접주 이방언이

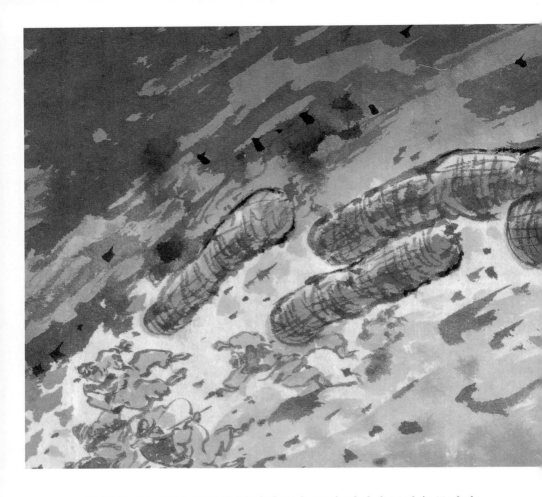

만든 장태는 정말 훌륭한 방패였으며, 또한 뛰어난 공격용 무기였다. 농민군들은 그 볏짚에 불을 붙이기도 했다. 그러면 적의 시야를 가리는 연막탄 구실을 하기도 했다. 놀란 경군이 거기에 집중적으로 총을 쏘아 댔는데, 결국은 총알만 낭비할 뿐이었다.

경군은 깜짝 놀랐다. 생전 처음 보는 괴상한 물체가 눈앞으로 굴러오고 있었으니 말이다. 거기에다 아무리 총을 쏘아도 총알은 옆

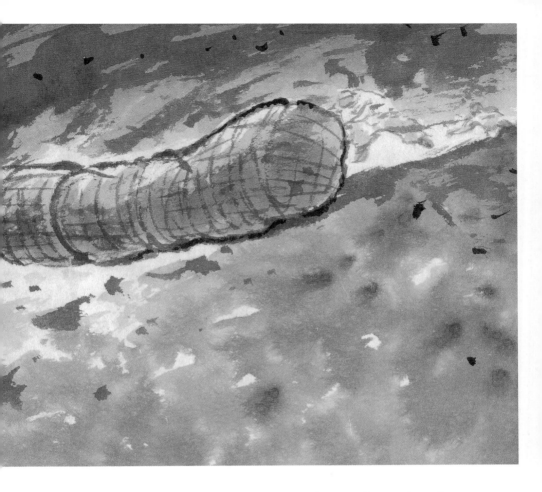

으로 튕겨져 나갔다. 화살을 날려 보았으나 그 물체는 꿈쩍도 하지
않고 굴러 왔다.

"아니. 저 괴물은 총을 맞아도 끄떡없구나."

경군은 당황하지 않을 수 없었다. 그들은 고개를 숙이고 총만 쏘
아 댔다. 그러나 총알은 농민군 쪽으로 향하지 않았다. 경군은 두려
운 나머지 하늘에다 계속 총질을 해 대고 있었던 것이다.

농민군의 공격은 성난 파도와도 같았다.

"장태를 굴리는 군사는 앞 옷깃을 입에 물어라! 그러면 절대로 죽지 않는다. 내 말을 믿으라. 내 말을 믿는 자만이 살아남을 수 있다."

전봉준은 농민군을 보호하기 위해 옷깃을 물도록 지시했다. 그렇게 하면 허리를 펴지 못하니까 장태 뒤에 안전하게 몸을 숨길 수 있었다. 전봉준의 전술은 참으로 기발했다.

농민군의 대반격에 기세가 눌린 경군은 무기를 내던지고 뿔뿔이 도망치기 시작했다. 농민군은 경군을 뒤쫓아 가 칼을 휘두르고 죽창을 던졌다. 장태 뒤에서는 농민군의 소총이 계속해서 불을 뿜었다. 경군은 장성의 황룡강을 건너 영광 쪽으로 도망치기에 바빴다.

까치골 능선까지 농민군이 추격을 하자, 경군의 장교 한 사람이 칼을 뽑아 들고 농민군에 맞섰다. 그는 이학승이었다.

"나는 죽음을 각오한 몸. 여기서 더 이상 물러설 수 없다. 자, 덤벼라."

이학승은 몇몇 부하들과 버텨 보았지만 농민군의 칼에 목이 베이고 말았다. 이것을 본 나머지 경군은 영광 쪽으로 줄행랑을 쳤다.

농민군은 황토재에서 전라 감영군을 격파한 데 이어 이번에는 황룡촌에서 경군을 크게 무찔렀다. 조선 최고의 정예 부대인 경군을 꺾었다는 사실을 농민군 스스로도 믿을 수 없었다. 하지만 완벽

한 승리였다.

"만세, 우리가 이겼다!"

"임금의 군대인 경군도 별 볼일 없구만."

"이제 이 나라에서는 우리 농민군이 최고의 군대야."

장성의 황룡촌 전투로 농민군은 엄청난 자신을 얻었다. 이제는 경군을 파견한 임금도 허수아비처럼 보이기 시작했다. 봉건 사회에서 임금은 하늘과 마찬가지이다. 그런 임금을 우습게 보기 시작했다는 것은 이만저만한 변화가 아니다. 농사만 짓던 농민도 힘을 합치면 무엇이든 이룰 수 있다는 교훈도 얻었다. 이 싸움에서 경군이 가지고 있던 최신식 무기인 쿠르프식 야포 1문과 회전식 기관포 1문, 그리고 서양총 1백여 정을 얻은 농민군의 사기는 치솟을 대로 치솟았다.

그렇지만 승리에 취해 있을 수만은 없었다.

"홍계훈의 주력 부대가 한양에서 온 지원 부대와 함께 이쪽으로 다가오고 있다고 합니다."

이러한 보고를 받은 전봉준은 24일, 장성을 출발했다. 갈재를 넘어가 정읍을 휩쓸고, 다음 날 원평에 도착하여 진을 쳤다. 그러나 경군은 웬일인지 추격을 해 오지 않았다.

이날, 전봉준은 임금의 편지를 가지고 왔다가 장성에서 붙잡힌 이효응과 배은환을 만났다.

"나랏일은 전하께 맡기고, 어서 농민군을 해산하라는 어명을 가져 왔소."

전봉준은 잔뜩 화가 났다.

"너희는 세상이 바뀌었다는 것을 전혀 모르는 놈들이로구나. 이놈들의 목을 쳐 산에다 내버려라!"

농민군은 여러 사람이 보는 앞에서 이들의 목을 베었다. 또 경군을 위로하기 위해 임금의 격려금 1만 냥을 가지고 한양에서 내려온 사람들을 체포하여 처단했다. 임금의 명령을 우습게 여길 만큼 전봉준은 이제 단호해졌다.

장성 황룡촌에서 경군이 대패했다는 소식이 한양의 조정에도 전해졌다. 임금은 부랴부랴 이원회를 양호순변사로 임명하고 1천 명의 군사와 대포 2문을 전주로 보냈다. 양호순변사는 양호초토사인 홍계훈의 군대에게 명령을 내릴 수 있는 막강한 권한을 가지고 있었다.

4월 26일. 전봉준은 농민군을 이끌고 전주 삼천에 진을 쳤다. 용머리고개 하나만 넘으면 전주성이 바로 눈앞이었다.

'언젠가는 점령하고 말리라 마음먹었던 전주성 가까이에 왔다. 전주성으로 쳐들어가는 내일은 전라도 농민들의 피맺힌 한을 풀어 주는 날이다.'

전봉준은 잠자리를 뒤척였다.

'우리가 이룰 세상은 사람 위에 사람 없고, 사람 밑에 사람 없는 세상이다.'

그런 세상이 자꾸 눈에 어른거렸다. 양반과 상놈의 구별이 없는 세상. 남자와 여자의 차별이 없는 세상. 부자와 가난뱅이가 따로 없는 세상이 저 멀리서 밝아 오고 있었다.

마침내 전주성을 차지하다

4월 27일 새벽, 모악산 쪽에서 동이 트기 시작했다. 전봉준은 농민군 1만여 명과 함께 용머리고개에 올라 전주성을 내려다보았다. 전주는 당시 호남 지방에서 가장 큰 도시였다. 전주성을 점령하는 것은 전라도 전체를 차지하는 것과 다를 바 없었다.

'전주를 차지한 다음에는 곧바로 한양을 향해 진격하리라!'

이제 설레는 그 시간이 점점 다가오고 있었다. 용머리고개 아래로는 전주천이 흐르고 있었는데. 그 개울 너머 전주 서문 밖에 장이 서는 날이었다. 이른 새벽인데도 전주천을 건너가는 장꾼들의 모습이 많이 보였다.

전봉준은 농민군의 선발대를 장꾼으로 변장시켰다. 장꾼들 틈에 섞어 들여보내 성안의 동태를 살피기 위해서였다. 농민군은 괴나리봇짐이나 지게를 지고 진짜 장꾼처럼 장터를 돌아다녔다. 물건을 흥정하는 시늉을 하기도 했다.

"오늘은 웬 장꾼들이 이렇게 불어났지?"

"이 사람아. 전주 장날에 사람 들끓는 것 오늘 처음 봤나?"

"그래도 오늘은 어쩐지 다른 것 같아."

"쉿. 조용히들 입 다물고 있게. 전봉준 장군이 농민군을 이끌고 용머리고개에서 대기 중이라는 소식이야."

"그래? 드디어 올 것이 왔군."

장꾼들은 저마다 표 나지 않게 수군거렸다.

"그럼 어서 피난을 가야겠는걸."

어떤 사람은 다치지 않으려고 약삭빠르게 서둘러서 짐을 싸고 있었다.

"자네나 도망을 가게. 나는 이날이 오기를 얼마나 기다려 왔는지 모르네. 지금부터는 나도 농민군이 되어 싸울 걸세."

농민군을 맞이해야 한다면서 두 팔을 걷어붙이고 나서는 사람도 많았다.

그때였다. 정오가 되자 용머리고개 쪽에서 대포 소리 한 방이 온 천지를 흔들었다. 이어서 수천 발의 총소리가 콩 볶듯이 울렸다.

"총돌격이다. 앞으로!"

용머리고개에서 한 줄로 늘어서서 진을 치고 있던 농민군이 드디어 움직이기 시작했다. 마치 거대한 용 한 마리가 용틀임을 하며

전주성으로 기어가는 것 같았다. 진격을 알리는 북소리에 이어 꽹과리 소리가 요란하게 울렸다. 흰옷을 입은 농민군들이 하얗게 서문을 향해 밀려들어 가고 있었다. 소총을 쏘아 대며 죽창을 휘두르는 농민군을 보고 장터는 금세 난장판이 되었다. 영문을 모르고 있던 장꾼들은 쫓기듯 성안으로 들어가느라 우왕좌왕했다. 이때 장꾼들 틈에 섞여 있던 농민군도 서문과 남문을 통해 전주성으로 들어갔다.

전주성은 말만 들어도 머리카락 끝이 곤두서곤 하던 전라 감영이 있던 곳이다. 하지만 지금은 옛날의 힘없는 농민으로 성안으로 들어가는 게 아니라 정의로운 농민군이 되어 당당하게 들어가고 있었다.

전에 감사를 지냈던 김문현은 여태 전주성에 남아 있었다. 그는 남쪽에 내려가 있는 경군의 소식을 까맣게 몰랐다. 농민군의 공격이 시작되자. 김문현은 군졸들에게 전주성 근처에 있는 민간인들의 집에 불을 지르라고 지시를 내렸다. 고래등 같은 기와집과 초가집 수백 채가 검은 연기를 피워 올렸다. 그것은 농민군이 불을 지른 것처럼 꾸미기 위해서였다.

그리고는 네 개의 성문을 걸어 잠그고 농민군을 막으라고 소리를 질러 댔다. 그러나 이미 성안에 들어와 있던 수천 명의 농민군이 서문을 힘차게 열어젖혔다. 김문현은 가마를 타고 부랴부랴 동문

쪽으로 도망을 치기 시작했다. 그런데 동문은 막혀 있었고 피난 가는 사람들이 많아서 그는 가마에서 내렸다. 너덜너덜 다 떨어진 옷을 입고 짚신을 주워 신었다. 이렇게 변장을 하고 김문현은 '걸음아, 나 살려라.' 하며 전주를 빠져나갔다.

"태조의 영정을 농민군에게 빼앗겨서는 안 된다."

태조는 조선을 세운 이성계이다. 전주성 안에는 이성계의 영정과 위패를 모신 경기전이라는 큰 건물이 있다. 그런데 농민군이 성 안으로 들이닥치자. 장교원이라는 사람이 영정을 가지고 나오다가 판관 민영승과 마주쳤다.

"손에 들고 있는 영정을 이리 내놓아라."

민영승은 영정을 지켜 낸 공을 독차지하려고 막무가내로 빼앗았다. 그러고는 전주 부근의 위봉산성으로 줄행랑을 쳤다.

농민군은 호남의 제일성인 전주를 쉽게 점령했다. 전봉준은 전주성의 약점을 너무나 잘 알고 있었다. 전주를 지켜야 할 전라 감영군은 이미 황토재 전투에서 전멸되다시피 했고. 일부는 경군과 합류하여 아직 영광 쪽에 내려가 있었다. 게다가 임금이 보낸 이원회의 경군과 신임 감사 김학진은 아직 전주에 도착하지 않은 상태였다. 그러니 전주성은 비어 있는 것과 마찬가지였다. 전봉준은 이 틈을 지혜롭게 이용한 것이다.

전봉준은 감사의 집무실인 선화당에 지휘부를 설치했다. 그러고는 감사가 앉던 자리에 앉아 큰 소리로 호령했다.

"당장 옥문을 열어 억울하게 갇혀 있는 사람들을 풀어 주도록 하라. 숨어 있는 악질 관리는 붙잡아 와 호되게 벌을 내리고, 관리를 지냈더라도 큰 죄가 없으면 용서해 주도록 하라. 그리고 곡식 창고를 열어 불쌍한 주민들에게 쌀을 나누어 주도록 조치하라. 다만 농민군 중에 주민을 괴롭히는 자에게는 엄벌을 내릴 터이니 각별히 주의를 하도록 명한다."

전주성 안은 모처럼 활기를 띠었다. 백성을 못살게 굴던 관리들 대신에 농민군이 성의 주인이 되었기 때문이다. 행군과 전투에 지친 농민군은 오랫동안 옷을 갈아입지 못했다. 날씨가 무더워지기 시작하는 초여름인데도 두터운 봄옷을 그대로 입고 있었다. 검은 땟자국이 꾀죄죄하고 심지어 속옷에는 이까지 바글거렸다.

"녹두장군님. 소인은 포목상이온데 옷감을 좀 가져왔습니다. 이 옷감으로 군복을 지어 한양까지 단숨에 내달리십시오."

"우리 남편 옷 짓듯이 농민군 옷을 만드세."

이렇게 옷감을 거저 내놓는 사람이 있는가 하면, 부녀자들은 자기 일처럼 바느질에 정성을 다했다. 수천 명 농민군이 입을 옷이 며칠 사이에 다 만들어졌다. 너나 할 것 없이 손에 손을 모은 결과였다.

농민군이 전주성을 함락하자, 동학에 입교하여 농민군이 되겠다는 사람들이 줄을 이었다. 며칠 만에 수백 명이 몰려왔는데, 이들 중에는 농민이 아닌 사람도 많았다. 마부, 갖바치(가죽신을 만드는 일을 직업으로 하던 사람), 대장장이, 차력사, 백정, 승려와 같은 사람들도 스스로 농민군에 참여했다.

농민군의 대부분을 차지하고 있는 동학교도들은 틈나는 대로 성 안에서 칼춤을 추면서 정신을 가다듬고 위력을 과시했다.

때가 왔네 때가 왔어
다시 오지 못할 때가 왔네
사나이 대장부에게 드디어 때가 왔네
용천검 드는 칼을 아니 쓰고 무엇 하리
좋을시고 좋을시고
지금이야말로 좋은 때일세.

이런 내용의 '칼노래'를 부르며 함께 모여 칼춤을 추는 순간은 자 못 엄숙했다. 농민군은 앞뒤로 줄을 맞추어 질서 있게 칼춤을 추었 다. 칼을 반듯이 세웠다가는 다시 앞으로 겨누고, 펄쩍 공중에 뛰었 다가 내려앉는 사이에 칼은 허공을 갈랐다. 농민군은 눈빛부터 흐 트러짐이 없었다. 말로만 듣던 농민군의 칼춤을 처음 본 전주성 안 의 사람들은 숨을 죽이고 이 광경을 지켜보았다.

칼춤은 원래 동학의 교조인 최제우 선생 때부터 전해 내려왔다. 처음에는 동학의 종교적 의식의 하나로 행해졌으며, 칼노래를 부르고 칼춤을 추어야 서양 오랑캐를 막아 낼 수 있다고 믿었다. 실제로 동학농민전쟁 때에는 농민군을 훈련시키거나 강한 의지를 모을 필요가 있을 때, 그리고 승리의 기쁨을 함께 나누면서 곧잘 칼노래를 부르며 칼춤을 추었다.

전주성 점령은 동학농민전쟁 기간 중 최대의 승리였다. 당시 호남의 최대 심장부인 전주성을 점령함으로써 농민군은 한양 진격을 위한 확실한 발판을 마련한 것이다. 또한 인명 피해를 줄이면서 싸움에 이겨야 한다는 전봉준의 전술이 크게 돋보인 승리였다.

밀고 밀리는 완산 전투

　　전주성이 농민군에게 함락된 다음 날인 4월 28일에야 홍계훈이 이끄는 경군이 겨우 전주성 밖 완산칠봉에 도착했다. 미련하고 겁이 많은 홍계훈은 이제까지 농민군의 뒤꼬리만을 졸졸 따라다닌 것이다. 용머리고개에 이른 경군은 완산, 다가산, 사직단, 유연대 등 전주의 높은 봉우리마다 진을 쳤다. 특히 완산칠봉은 전주성이 그대로 내려다보이는 곳이어서 농민군을 공격하기에 안성맞춤인 곳이었다. 이때 경군의 숫자는 모두 합쳐 1천 5백 명 정도였다.

　　경군은 신식 대포와 총으로 무장을 하고 있었으나, 코앞에 보이는 전주성으로 섣불리 진격할 수가 없었다. 이미 장성 황룡촌 전투에서 농민군에게 당한 쓰디쓴 경험이 있었기에 잔뜩 겁을 집어먹고 있었다.

　　경군은 시험 삼아 전주성을 향해 대포 세 발을 발사했다. 그러나

124

포탄은 전봉준 장군이 있는 전주성 안까지 미치지 못했다. 경군이 쏜 포탄이 성 주변의 민가에 떨어지면서 죄 없는 백성의 집이 수없이 파괴되었다. 죽어서 쓰러진 사람, 머리에 파편을 맞고 신음하는 사람 등 전주성 주변은 백성들의 울음소리로 가득 찼다. 그리고 무너진 돼지우리에서 뛰쳐나온 돼지들이 사방으로 돌아다녔다.

"경군이 아무 죄 없는 어린아이까지 죽이고 마는구나."

"농사짓는 농민군의 발가락 때만도 못한 나쁜 경군 놈들!"

혹시나 하고 경군을 믿었던 백성들도 하나둘씩 전주성 안으로 피해 들어갔다. 전주성은 발 디딜 틈도 없이 사람들로 가득 찼다.

전봉준은 참다못해 농민군에게 공격 명령을 내렸다.

"백성들이 다 죽겠구나. 경군에게 항복을 받아 내는 것이 백성을 살리는 길이다. 자, 공격을 개시하라!"

그러나 낮은 곳에서 높은 곳을 향해 공격하는 것은 쉬운 일이 아니었다. 농민군의 한 부대가 성 밖으로 나오자 완산칠봉 쪽에서 총알이 빗발치듯 쏟아졌다. 경군은 전주천을 건너오지 못했으나 완산칠봉 곳곳에서 회전식 대포와 총을 쏘아 댔다. 하지만 쓰러지는 것은 농민군이 아니라 성 밖에 사는 백성들이었다.

"이러다가는 죄 없는 백성들이 하나도 살아남지 못하겠구나."

전봉준은 농민군을 성안으로 불러들였다. 일반 백성의 피해가 걱정이 되어서였다. 또한 경군이 농민군을 두려워하기 때문에 완산칠봉에서 쉽게 내려오지 못한다는 것도 이때 알아냈다.

한편 농민군에게 호남에서 제일 큰 전주성까지 빼앗겼다는 소식을 들은 조정은 발칵 뒤집혔다. 그동안 조정은 농민군을 만만하게 여겨 온 게 사실이었다. 이렇게 빨리 전주성까지 빼앗길 줄은 예상하지 못했던 것이다.

이즈음 고종의 왕비인 명성왕후는 나라의 정치에 마음대로 간섭을 했다. 명성왕후의 힘으로 높은 벼슬을 차지한 민씨들은 권력을 이용해 갖가지 부정부패를 저지르고 있었다. 그들은 벼슬을 팔아 돈을 긁어모았으며, 악질 탐관오리가 백성을 괴롭히는 것을 보고도 모른 체했다. 조병갑이나 이용태, 그리고 김문현 같은 악질 관리들이 그래서 생겨났던 것이다.

민씨 집안의 한 사람인 병조판서 민영준은 고종 임금 앞으로 가서 엎드렸다.

"전하, 전주성은 태조의 영정을 모신 경기전이 있는 곳이옵니다. 이곳에서 난동을 부리고 있는 무리들은 감히 오백 년 조선 왕조를 넘보고 있는 것입니다. 전봉준을 비롯한 도적들이 곧 한양을 향해 쳐들어올 것이 분명한데, 그러면 조정도 안심할 수 없사옵니다."

"무엇이라고?"

고종은 깜짝 놀라며 물었다.

"관군으로는 도저히 도적들을 막아 낼 수가 없사옵니다."

"그러면 어떻게 하자는 말인가?"

고종은 답답했다.

"묘책이 있다면 어서 말해 보시오. 어서!"

연달아 패전 소식만 들은 고종은 짜증이 날 지경이었다.

민영준은 속으로 '기회는 이때다.' 하면서 천연덕스럽게 말했다.

"청하옵건대. 청나라 군대를 불러 전봉준 일당을 잡아 처형할 수 있도록 허락하여 주시옵소서."

민영준은 제정신이 아니었다. 나라를 이 지경으로 만든 자신들의 잘못을 숨기기 위해 외국 군대를 불러야 한다는 것이었다. 나라가 쑥밭이 되든 말든. 우선 발등의 급한 불부터 끄고 보자는 속셈이었다. 민영준은 참으로 무책임하기 짝이 없는 조선 왕조의 벼슬아치였다.

이렇게 해서 조정은 몇몇 신하들의 반대에도 불구하고 결국 청나라 군대를 부르기로 했다. 우리나라에 와 있던 청나라 장군 원세개에게 구걸하듯이 군대를 보내 달라고 요청하고 말았다. 조정이 외국 군대를 불러 자기 백성인 농민군을 진압하겠다고 나선 것이었다.

5월 1일. 아침밥을 먹고 나자 전주성 안의 농민군 진영으로 웬 흰종이가 날아들었다. 완산칠봉에 진을 치고 있던 양호초토사 홍계훈이 써서 보낸 것이었다.

"전봉준의 꾐에 빠져 있는 백성들은 읽어 보아라. 너희 가운데 전봉준을 잡아다 바치는 자는 이제까지의 잘못을 용서해 주겠다. 또한 임금께 보고를 올리고 나라에서 큰 상을 내리겠노라."

전봉준과 농민군을 갈라놓으려는 홍계훈의 얕은 속임수였다.

"흥. 홍계훈이라는 놈의 약은 꾀에 속아 넘어갈 우리가 아니지. 홍계훈 같은 녀석 천 명이 와도 우리 녹두장군님 한 분을 당해 내지 못할 걸."

이런 속임수에 넘어갈 사람이 전주성 안에는 단 한 사람도 없었다. 오히려 용맹스런 농민군의 분노만 자아낼 뿐이었다. 농민군은 즉각 남문을 나와 완산칠봉의 경군을 향해 출동했다. 전주천의 싸전다리를 건너 두 패로 나뉜 농민군은 수십 명씩 정상으로 돌진했다. 경군의 회전식 기관포가 농민군을 향해 불을 뿜었다. 뒤이어 경군은 수천 발의 소총을 갈겼다.

전봉준은 농민군에게 새로운 지시를 내렸다.

"흰 포장을 앞에 세워 펼치고 한 줄로 산골짜기를 타고 올라가라!"

이렇게 하면 왼쪽과 오른쪽은 보이지만 앞뒤를 볼 수는 없게 된다. 앞 사람이 쓰러져도 뒤에 있는 사람이 알지 못하니까 농민군은 더욱 용맹스럽게 진격을 할 수가 있었다. 전봉준은 농민군 총대장으로서 전투 때마다 정말 놀라운 전술을 선보였다.

농민군은 화승총을 쏘며 쇠창, 죽창, 칼 등을 휘두르면서 완산으로 올라갔다. 무기가 없는 사람은 소나무를 꺾어 흔들기도 했다. 경군이 산봉우리 쪽에서 공격을 하기 때문에 매우 불리한 상황이었다. 하지만 농민군은 죽음을 두려워하지 않았다. 총알을 막는다는 부적을 붙였기 때문이었다. 정말 누런 종이에 붉은 글씨로 쓴 부적들이 농민군 등에 붙어 있었다.

"궁궁을을, 궁궁을을, 궁궁을을, 궁궁을을."

동학 주문을 외면서 하얗게 밀려드는 농민군을 보고 경군은 그만 질려 버렸다. 그래서 총알만 소낙비처럼 쏘아 댔다. 싸움이 치열해질수록 농민군의 시체가 쌓이기 시작했다. 농민군은 동지들의 시체를 넘어 돌진을 계속했다.

농민군의 위력에 경군이 밀려나는 듯했다. 그러자 완산의 다른 쪽 봉우리에 있던 경군이 급히 지원 병력을 앞쪽으로 내보냈다. 지쳐 있는 농민군은 할 수 없이 성안으로 후퇴를 할 수밖에 없었다. 점심도 먹지 않고 전투를 벌였지만 얻은 것이 별로 없는 싸움이었다.

그다음 날, 경군은 화풀이하듯 크루프식 야포로 성안을 공격했다. 포탄은 대부분 남문과 서문 밖 민가에 떨어졌으며, 선화당 앞뜰에도 한 방이 날아왔다. 또 한 방은 조선 태조 이성계의 위패와 영정을 모시고 있는 경기전으로 날아가서 건물 일부를 무너뜨리고 말았다.

"사격을 중지하라!"

신나게 포를 쏘던 경군들은 어리둥절해서 서로 얼굴만 쳐다봤다. 경기전이 무너졌다는 보고를 받은 홍계훈이 포격을 중지시킨 것이다. 태조의 제사를 모시는 경기전을 훼손한 것은 임금에게 용서받을 수 없는 일이었다. 이때부터 홍계훈은 이러지도 저러지도 못하고 속을 태워야 했다.

5월 3일. 마침내 결전의 날이 밝았다. 이번에는 전봉준이 직접 농민군을 이끌고 공격에 나섰다. 나팔 소리가 울렸다. 총출격이었다.

　열네 살 먹은 소년 장사 이복용이 푸른 깃발을 들고 선봉에 섰다. 그 깃발에는 '동도대장'이라는 글씨가 커다랗게 씌어 있었다. 전봉준 장군을 상징하는 깃발이었다. 농민군 3천여 명이 완산과 다가산의 경군을 완전히 에워싸면서 총공세를 펼쳤다. 경군은 미리부터 겁을 먹고 도망을 쳤고, 농민군은 다가산을 쉽게 점령했다. 이제 용머리고개를 가로 질러 완산 쪽을 칠 차례였다.

　"이제 경군의 주력부대만 남았다. 완산칠봉 정상 쪽으로 진격하라!"

농민군은 정말 용맹스럽게 싸웠다. 전봉준 장군과 함께 하는 싸움은 이제까지 한 번도 져 본 적이 없었다. 다급해진 홍계훈의 경군은 성능 좋은 신식 무기로 반격을 펼쳤다. 마치 수십 마리의 공룡이 불을 뿜는 것 같았다. 진격을 하던 농민군은 앞에서부터 힘없이 쓰러졌다. 신식 무기를 가진 경군을 도저히 당해 낼 수가 없었던 것이다. 농민군은 눈물을 머금고 후퇴하지 않으면 안 되었다.

이날 전투에서 농민군은 대장기를 경군에게 빼앗기는 수모를 당했다. 게다가 지휘관 김순명과 용감한 소년 장사 이복용이 총에 맞아 죽고, 농민군 5백여 명이 죽거나 다치고 말았다. 농민군은 완산칠봉에 진을 치고 있던 관군보다 훨씬 큰 손실을 입고 참패한 것이다.

소년 장사 이복용의 활약

"장군님, 이게 어찌 된 일입니까?"

전주성 안으로 후퇴한 뒤에 누군가 깜짝 놀라며 전봉준의 다리를 가리켰다. 전봉준의 왼쪽 허벅지에서 붉은 피가 흐르고 있었다. 그곳에 경군의 총알이 스치고 지나간 것이었다.

"나는 괜찮네. 다른 부상자들을 먼저 돌보도록 하게."

상처 때문에 통증이 느껴졌지만 전봉준은 눈썹 하나 까딱 하지 않았다. 오히려 다른 부상자들을 걱정하면서 빨리 치료를 해 주라고 지시했다. 그런데 늘 옆에서 시중을 들던 이복용이 보이지 않았다.

"소년 장사 이복용은 어디 갔느냐?"

"……."

"왜 대답이 없느냐?"

"장군님, 참으로 면목이 없습니다."

농민군 지휘관 한 사람이 고개를 숙였다.

"이복용은 대장기를 들고 맨 앞에 나서서 용감하게 싸우다가 그 만 적들에게······."

그는 말끝을 채 맺지 못했다.

"그렇다면······아, 그렇다면 복용이가 끝내······."

전봉준의 눈에서 머루알 같은 눈물이 주르륵 흘러내렸다.

"내가 복용이를 끝까지 지키지 못했구나."

소년 장사 이복용은 그동안 누구보다도 뛰어난 농민군이었다. 나이는 비록 열네 살밖에 되지 않았으나, 칼 쓰고 말 타는 솜씨가 보 통이 넘었다. 그는 아무리 험하게 달려도 말 위에서 앉았다 일어섰 다 하는 기막힌 재주를 부릴 줄도 알았다. 또한 다른 사람이 화살을 한 발 쏠 때 두 발을 쏠 수 있는 능력을 가지고 있었다.

이복용이 농민군이 되겠다면서 전봉준을 찾아 왔을 때였다. 얼 굴에 아직 어린 티가 가시지 않은 소년이어서 전봉준은 그냥 집으 로 돌려보내려고 했다.

"너는 아직 어리니까 집으로 가서 부모님을 도와 드리도록 해 라."

"장군님, 저는 도와 드릴 부모님도 계시지 않습니다."

전봉준 앞에 꿇어앉은 이복용은 또렷한 목소리로 대답했다.

그의 부모는 동학교도라는 이유로 몇 해 전에 관아에 끌려가 개 죽음을 당했다는 것이었다.

"저도 싸울 수 있게 해 주십시오, 장군님! 돌아갈 집도 없습니다. 제발 부모님의 원한을 갚도록 해 주십시오."

전봉준이 아무리 설득을 해도 이복용은 뜻을 굽히지 않았다. 전봉준은 마치 자신의 어린 시절 모습을 대하는 듯해서 눈시울이 뜨거워졌다. 가까이에 데리고 있으면서 잔심부름이나 시킬 생각으로 전봉준은 이복용이 성안에 머물 수 있도록 배려했다.

전봉준의 허락을 받아 낸 이복용은 누구보다도 열심히 훈련을 받았다. 또래 아이들보다 힘도 세서 웬만한 어른 몫은 척척 해냈다. 전투가 벌어질 때에는 '동도대장'이라고 쓰인 대장기를 지키는 게 이복용의 임무였다. 전쟁터에서 적으로부터 대장기를 지키는 것은 대장의 목숨을 지키는 일과도 같은 중요한 일이었다.

전봉준은 이복용이 대견스러워 늘 옆에서 관심을 기울였다. 그 이후 열네 살 먹은 소년 장사 하나가 녹두장군을 돕는다는 이야기가 전국 방방곡곡으로 퍼져 갔다.

전봉준은 아들 같은 이복용을 잃은 슬픔에 밤새도록 잠을 한숨도 이룰 수 없었다.

두 번의 완산 전투는 농민군의 일방적인 패배로 끝났다. 그동안

승승장구하던 농민군의 마음이 어느덧 조금씩 흔들리기 시작했다.

"경군의 신식 대포에는 천하장사도 못 당하겠는걸."

"죽창과 화승총으로 경군과 맞서는 것은 계란으로 바위치기일 뿐이야."

풀이 죽은 농민군들은 저마다 한마디씩 내뱉었다.

"그나저나 지금쯤 고향의 논밭에는 보리가 누렇게 익었을 텐데……."

"보리타작을 끝내야 모내기를 하지. 모내기도 못 하고 이러다가 일 년 농사를 모두 망치는 것은 아닐까?"

"싸움이 이렇게 길어질 줄 누가 알았나."

"그냥 참으면서 농사나 짓는 건데 말이야."

"송충이는 역시 솔잎을 먹고 살아야 해."

농민군은 흔들리고 있었다. 그들에게는 고향의 농사일이 무엇보다 큰 걱정이었다.

"녹두장군님도 이번에 다쳤다는데. 파리 목숨 같은 우리 운명은 앞으로 어떻게 되려나?"

농민군의 들뜬 마음은 쉽게 가라앉지 않았다. 이렇게 기가 죽어 술렁대는 사이. 농민군 일부는 동문과 북문을 통해 전주성을 빠져나가기도 했다. 농민군은 스스로 일어선 군대였기 때문에 전봉준이나 지휘관들이 붙잡을 수도 없었다.

고민에 빠져 있던 전봉준은 묘책을 하나 생각해 냈다. 그는 농민군 지휘관들을 불러 모았다. 그러고는 여러 사람이 보는 앞에서 손가락으로 점을 쳤다. 전봉준은 오래전부터 점치는 법을 배워 어려움이 있을 때마다 슬기롭게 이용한 적이 있었다.

"여러분. 앞으로 사흘 안에 틀림없이 좋은 소식이 있을 것이오."

"싸움에 밀려 다들 기가 죽어 있는데 좋은 소식이라니요?"

지휘관들은 궁금했다.

"부상자를 잘 돌보면서 조금만 더 참읍시다. 이미 금구 쪽에서 농민군 지원 부대가 출발했다는 소식이 들리고. 순창과 임실 쪽 농민군들도 지금 전주로 달려오고 있소. 그들이 도착하면 홍계훈의 경군은 우리들에게 완전히 포위되어 오도 가도 못하게 될 것이오. 사흘만 더 참아 봅시다."

전봉준은 간곡하게 지휘관과 농민군을 설득했다.

과연 사흘 뒤인 5월 5일이 되자, 홍계훈이 보낸 두툼한 편지가 성안으로 날아들었다. 그것은 전봉준이 미리 보낸 편지에 대한 답장이었다. 홍계훈은 전주성을 공격하겠다는 말 대신에 농민군과 타협이 되면 화해를 하겠다고 정식으로 답을 보내온 것이다.

"너희들이 요구하는 대로 탐관오리들의 부패와 잘못된 정치를 바로잡도록 하겠다. 무기를 스스로 반납하고 성문을 열어 우리를 맞이한다면 그동안의 모든 잘못을 용서할 것이다. 이것은 임금의

어명이니, 부디 해산하고 고향과 집으로 돌아가 새 삶을 누리도록 하는 게 어떻겠는가?"

전봉준의 예언은 그대로 들어맞았다. 전주성을 나갈 것인가, 아니면 그대로 머물면서 결전을 벌일 것인가? 이제 전봉준의 결단만이 남았다.

전주성에서 철수하기로 결정하다

전봉준은 농민군 지휘관들을 불러 모았다. 홍계훈의 제안에 대한 대책을 세우기 위해서였다. 전봉준은 농민군 총대장의 위치에 있었으나 중요한 일을 혼자서 함부로 결정하지는 않았다. 특히 전략과 전술을 짤 때에는 지휘관들의 의견을 귀담아들었다. 무장에서 농민군을 일으켜 전주성을 점령하기까지 한 달 내내 그러했다. 간혹 지휘관들의 의견이 나누어지는 경우도 있었다. 그러면 전봉준이 중간에서 훌륭한 조정자가 되곤 했다. 그야말로 민주적인 방식으로 농민군을 이끌어 온 것이다.

완산 전투에서 패배한 직후라서 지휘관 회의의 분위기는 밝지 못했다.

"홍계훈의 간사한 꾐에 빠져들면 안 됩니다. 전열을 다시 가다듬어 원래 계획했던 대로 한양으로 치고 올라가야 합니다. 머뭇거릴 수 없습니다. 나는 혼자서라도 부대를 이끌고 전주성을 지킨 뒤에 한양으로 향하겠소이다."

농민군 지휘관 한 사람은 무장에서 농민군을 전면적으로 일으킬 때의 정신을 잊을 수 없다면서 버럭 소리를 질렀다.

하지만 그 의견에 찬성하는 지휘관의 숫자는 그리 많지 않았다.

"지금은 여러 가지 복잡한 사정이 얽혀 있질 않소? 이쯤에서 관군과 타협을 해서 일단 전주성을 비워 줍시다. 홍계훈은 무기를 모두 버리라고 하지만 그것은 우리 마음에 달렸소. 무기를 그대로 가지고 해산을 했다가 상황이 위급해지면 다시 일어서면 될 것 아니겠소?"

전술적인 후퇴를 할 수밖에 없는 상황을 힘주어 말하는 지휘관들이 하나 둘씩 늘어났다. 지휘관들 사이에 삿대질이 오가기도 하고 간간이 욕설도 튀어나왔다. 눈물을 흘리면서 자신의 주장을 굽히지 않는 지휘관도 있었다.

토론을 듣던 전봉준은 마침내 전주성에서 떠나기로 결심했다.

"동지들의 의견을 잘 들었소. 일단 전주성을 저들에게 내어 줍시다. 하지만 우리가 내건 조건들이 실현되어 각종 부정부패를 척결할 수 있는 방안을 다들 연구해 봅시다."

그리하여 5월 7일, '전주화약'이 맺어졌다. 그것은 전쟁을 끝내겠다는 농민군과 관군 사이의 휴전 협정이었다.

농민군은 그 이튿날 전주성을 빠져나갔다. 기세 좋게 전주를 점령한 지 12일째 되는 날이었다.

그러면 전봉준은 왜 전주성에서 철수하는 어려운 결정을 내린 것일까?

첫째, 당시 조선을 둘러싸고 있는 국제 정세가 농민군에게 매우 불리하게 돌아가고 있었다. 농민군을 진압한다는 핑계로 청나라 군사 2천 5백 명이 인천항과 아산만을 통해 상륙한 것이다. 그러자 기회를 엿보고 있던 일본도 '톈진조약'에 따라 5월 6일, 7천 명의 군사를 한양에 들여보냈다. 일본과 청나라는 조선을 서로 차지하기 위해 으르렁거리다가 10여 년 전에 청나라 톈진에서 조약을 맺어 놓았던 것이다. 조선에 중대한 난리가 나면 서로 연락해서 양국 군대를 조선에 파견할 수 있다는 내용이었다. 그들은 우리나라에 머물고 있는 자기 국민을 보호한다는 핑계로 조약을 맺었으나, 사실은 우리나라를 먼저 집어삼키려고 미리 짜 놓은 것이었다.

청나라와 일본 군대가 상륙했다는 말을 듣고 전봉준은 깜짝 놀랐다. 악질 벼슬아치들과 양반들, 나아가 일본을 비롯한 외국 오랑캐들을 물리치려고 농민군을 일으켰는데, 지금은 오히려 농민군이 외국 군대를 불러들인 꼴이 되었다고 판단했다. 그런 구실을 없애려면 일단 농민군을 해산하는 수밖에 없었다. 자칫하다가는 외국 군대에게 나라를 송두리째 빼앗기는 최악의 사태가 올지도 모르는 일이었다.

둘째, 전봉준이 이끄는 전라도 쪽 농민군을 빼고 나면 다른 지방에서는 호응이 부족했다는 점이다. 최시형도 충청도에서 동학 농민군에게 모두 들고일어나라는 기포령을 내렸다가 세력이 약해 해산한 뒤여서, 전국적인 봉기에 어려움이 있었다. 목표대로 한양으로 진격을 하자면 충청도와 경상도 농민군들의 지원이 절실했는데, 그럴 기미가 보이지 않았던 것이다.

더욱이 전봉준이 이끄는 전라도 농민군은 전주성을 점령했지만, 완산 전투에서 패배한 뒤 상당히 기가 죽어 있었다. 또한 전봉준이 총상을 입어서 농민군을 지휘하는 데 큰 무리가 따르는 것도 사실이었다. 이런 상황 말고도 농번기를 맞은 농민군은 차츰 흔들리기 시작했고, 지휘관들은 서로 다른 의견으로 자주 마찰을 빚었다.

전봉준은 홍계훈의 마음을 떠보려고 먼저 편지를 보냈다.

"우리들은 나라와 백성을 위해 의로운 싸움을 벌이고 있소. 남의 묘를 파헤치고 재물을 빼앗으면서 죄 없는 백성을 못살게 구는 탐관오리들을 그대로 두고, 우리를 역적으로 모는 것은 잘못되었소. 또한 관군이 포를 쏘아 경기전을 파괴시킨 것도 잘못이 크오. 이제 폐정개혁안, 즉 정치의 부패를 바로잡을 방안들을 제시할 테니, 더 이상 서로 죽이는 싸움을 중지하는 게 어떻겠소?"

이때 전봉준이 제시한 '폐정개혁안'은 다음과 같다.

一. 세금으로 쌀을 무리하게 거두는 전운소를 없앨 것

一. 세금을 더 이상 인상하지 말 것

一. 보부상들의 행패를 단속할 것

一. 나라에서 빌려준 돈은 옛 감사가 거두어 갔으므로 다시
　　거두지 말 것

一. 탐관오리들을 파면시켜 내쫓을 것

一. 임금 모르게 관직을 팔아 나라를 어지럽히는 자들을
　　모두 쫓아 낼 것

一. 지방 관리들은 자기 구역 안에 묘지를 못 쓰게 하고
　　땅 투기를 못 하게 할 것

一. 강제 노동을 줄일 것

一. 포구에서 물고기를 잡고 소금을 생산할 때 내는 세금을
　　없앨 것

一. 농민들이 내는 물세를 없앨 것

一. 대원군을 국정에 참여시켜 나라를 바로잡을 것

一. 관청에서 사용하는 물건은 백성들한테 빼앗지 말고
　　정상적으로 사다가 쓸 것

一. 동학교도를 함부로 가두거나 죽이지 말고 옥에 갇힌

교도들은 즉시 풀어 줄 것

一. 날뛰는 외국 상인들의 횡포를 막아 줄 것

이 편지를 받은 홍계훈은 전주 부근에 내려와 있던 신임 전라 감사 김학진과 상의한 뒤, 임금에게 급히 보고를 했다. 조정에서는 즉시 농민군과 휴전을 하도록 지시를 내렸다.

조정도 청나라와 일본에서 군대를 파견하자 무척 당황하고 있었다. 당시 조선의 벼슬아치들은 급박하게 돌아가는 국제 정세를 까맣게 모르고 있었다. 강대국들이 우리나라를 잡아먹으려고 음흉한 입을 벌리고 있는 것도 모르고, 무너져 가는 왕조를 지키기에만 급급했을 뿐이다. 너무나 순진한 조정은 우물 안 개구리와도 같았다. 조정은 청나라 군대와 일본군이 조선에 속속 상륙하자 곤경에 처한 나머지 농민군과의 휴전으로 위기를 헤쳐 나가야 했다.

홍계훈도 농민군을 무력으로 진압할 수 없음을 알고 초조해하고 있었다. 또 경기전을 파괴시킨 책임을 혼자서 뒤집어쓸까 싶어 조마조마하고 있었다. 그래서 전봉준이 조건을 제시하자, 휴전을 하겠다고 마음을 먹은 것이다.

이른바 전주화약은 이렇게 해서 맺어졌다.

집강소 설치와 폐정개혁

전주성을 비워 준 농민군은 대부분 고향으로 돌아갔다. 전봉준도 최경선 등 부하 20여 명과 함께 말을 타고 전주성을 떠났다. 완산 전투에서 허벅지에 총을 맞았으나 상처를 돌볼 틈이 없었다.

"장군님께서도 일단 고향으로 돌아가서 총상을 치료하셔야 합니다."

부하들은 전봉준의 상처가 무척 염려스러웠다.

"아닐세. 나는 그렇게 한가한 몸이 아니라네."

"건강을 회복하셔야 농민군을 다시 일으킬 수 있지 않겠습니까?"

"지금 나라가 돌아가는 모습으로 봐서 언젠가는 우리 농민군이 다시 봉기할 때가 올지도 모르네. 하지만 그 이전에 더 급하고 중요한 일이 있네."

"더 급하고 중요한 일이 또 있다구요?"

전봉준은 머릿속으로 무언가 새로운 구상을 하고 있었다.

"지금부터 내 말을 잘 듣게. 전주화약으로 모든 일이 완전히 마무리 된 것은 아니라네. 우리는 앞으로 각 지방 관리들이 폐정개혁을 어떻게 실천하는지 그걸 잘 감시해야 하네."

"그런데 악질 탐관오리들이 고분고분 우리 뜻을 받아 줄까요?"

"만약 아직도 정신을 차리지 못하고 있는 탐관오리가 있다면 우리 손으로 쫓아 내 버려야지. 그리고 농민군의 힘으로 참된 개혁을 실천해야 하네. 또한 전주성을 비워 줄 때 가지고 나온 무기들을 넘겨주지 않으려면 각 지방마다 농민군 사무소가 하나씩 있어야 하지 않겠는가. 그러자면 하루바삐 집강소를 설치해야 하네. 내 말을 알겠는가?"

전봉준은 금구, 김제, 태인, 장성, 담양, 순창 등으로 쉬지 않고 돌아다니면서 집강소 설치를 거들었다. 집강소 책임자는 농민군에 참여했던 각 고을의 동학 접주를 임명했다. '집강'이라고 불리는 이 책임자는 농민들이 뽑은 백성 출신 군수와 다름없었다.

각 고을의 관아에 집강소가 설치되자, 군수나 현감은 이름만 걸어 놓은 허수아비일 뿐이었다. 모든 행정과 고을의 경비까지 집강소에서 도맡았다. 백성들이 스스로 자기 고을을 다스리는 일은 5백 년 조선 왕조 역사상 처음 있는 일이었다.

백성들은 억울한 일이 생기면 곧바로 집강소를 찾아왔다. 수백 년 동안 내려온 잘못된 관습도 집강소에서는 시원스럽게 풀어 주었다.

"동학교도라는 이유로 옥에 갇힌 사람들이 모두 풀려 나왔다는군."

"나쁜 짓을 일삼던 관리와 부자들 세상은 이제 가 버렸어."

"청춘과부도 이제 새로 시집을 갈 수가 있대."

"허울 좋은 세금들을 내지 않아도 된다네."

"노비 문서는 다 불살라 없앤다더군."

"일본놈들의 앞잡이도 집강소에서 잡아다 족친대."

"높은 이자를 쳐서 빌린 돈은 갚지 않아도 된다는군."

"앞으로는 농민들에게 논밭을 평등하게 나누어 줄지도 모른대."

"정말 살기 좋은 세상이 왔어!"

집강소에서 그동안의 부정과 부패를 하나하나 뜯어고치자. 수많은 사람이 동학에 입교했다. 지방 관리 밑에서 일을 보던 아전들 중에도 집강소 활동에 적극적으로 협조하는 사람이 늘어났다. 그러나 간혹 어떤 지방에서는 집강소 활동을 핑계로 민간인을 괴롭히는 무리가 생겨나기도 했다. 관리와 양반에게 원한이 쌓인 그들은 사사로운 일로 분풀이를 일삼았다.

전봉준 장군에게 또 다른 골칫거리가 생긴 것이다. 그래서 우선 제멋대로 설쳐대는 이들을 다독거려 줄 필요가 있었다. 전봉준은 남원의 김개남, 광주 쪽의 손화중과 상의하여 7월 15일, 남원에서 대규모 농민군 집회를 열기로 했다.

전라 좌도와 우도의 농민군 수만 명이 남원으로 모여들었다. 전주성에서 제각각 헤어진 지 두 달 만이었다. 각 지역에서 모여든 농민군의 풍물패가 남원 곳곳을 누비고 다녔다. 그들은 '농자천하지대본(農者天下之大本)'이라는 울긋불긋한 깃발을 저마다 치켜세웠다. 농민이 세상에서 가장 근본이 되는 사람이라는 뜻이었다. 풍물패들은 신명나는 풍물판을 만들었다. 덩실덩실 어깨춤이 저절로 났다.

"여보게들. 그동안 잘 지냈는가?"

"고향이 좋기는 좋더군. 난 그동안 몸무게만 더 늘어났다네."

"예끼, 이 사람. 일은 안 하고 방 안에서 놀기만 했군."

농민군들은 서로 반가워하며 인사를 나누느라 정신이 없었다.

"우리 고을은 집강소 덕분에 태평천하를 만난 듯하다네."

태안에서 온 농민군 한 사람이 어깨를 우쭐거리며 자랑을 늘어놓았다.

"그런데 나주는 언제 집강소가 들어설지 모르겠어. 나주 목사 민종렬이란 녀석이 보통내기가 아닌 것 같아."

나주에서 온 농민군은 걱정스런 눈빛으로 풀이 죽어 있었다.

사실 이때까지만 해도 목사 민종렬의 반대로 나주에서는 집강소가 설치되지 못했다. 운봉도 마찬가지였다. 전봉준은 열일곱 살 난소년 장수 김봉득을 운봉으로, 최경선과 3천여 명의 농민군을 나주로 출동시키기도 했다. 나중에는 전봉준이 직접 나주로 가서 민종렬을 설득해 보았다. 그러나 끝내 두 군데에서는 집강소 통치가 이루어지지 못했다. 완고한 관리들이 끝까지 협조를 하지 않았던 것이다.

이때 왁자지껄한 군중 사이로 전봉준이 나타났다. 농민군의 시선이 모두 전봉준 쪽으로 쏠렸다.

"여러분. 여기까지 오시느라 무척 수고가 많았습니다."

"와아! 녹두장군이시다!"

전봉준의 얼굴을 보려고 농민군들이 앞쪽으로 우르르 몰려들었다.

"고맙습니다. 여러분. 자랑스러운 우리 농민군은 새로운 출발을 다짐하기 위하여 여기 남원에 모였습니다."

전봉준의 말 한 마디 한 마디에는 힘이 서려 있었다.

"여러 동지들이 집강소를 운영하느라 많은 고생을 하고 있는 것도 잘 알고 있습니다. 하지만 집강소 활동을 핑계로 선량한 백성을 괴롭히는 무리들이 있다고 하니, 각별히 유의하기 바랍니다. 백성을 깔보고 업신여기는 집강소는 있으나 마나 한 것 아니겠습니까?"

간간이 술렁대던 농민군 무리는 찬물을 끼얹은 듯 조용해졌다. 고개를 들지 못하고 땅만 내려다보는 사람도 있었다.

"지금부터 내 말을 잘 들어야 합니다. 근래 들어 몇몇 일본인이 농민군이 다시 일어나야 한다고 부추기고 다닌다는 정보가 들어와 있습니다. 농민군이 다시 일어나면 그걸 빌미 삼아 일본군이 조선 땅에 들어오겠다는 술책임이 틀림없습니다. 그런 유혹에 절대로 들뜨지 말아야 합니다. 아직은 일어설 때가 아닌 것입니다."

전봉준은 농민군이 가볍게 행동하지 말 것을 간곡히 당부했다. 집강소 활동으로 농민군 내부를 똘똘 뭉쳐 놓은 뒤에 2차 봉기를 준비하자는 것이었다.

이 무렵 동학농민군의 3대 지도자 중 한 사람인 김개남 장군의 생각은 조금 달랐다.

"군중은 한번 흩어지면 다시 모이기가 어렵습니다. 쇠뿔은 단김에 빼라는 말도 있지 않습니까. 이대로 밀어붙입시다."

이 말을 듣고 있던 손화중 장군이 반대를 하고 나섰다.

"아닙니다. 우리는 좀 더 신중해야 할 것입니다. 우리가 봉기한 이후 상당한 세력을 얻었지만. 강력한 일본군과 싸우기에는 힘이 부족한 게 사실 아닙니까? 우리의 실정을 정확하게 파악해야 하리라고 봅니다."

전봉준도 조심스럽게 입을 열었다.

"지금은 일본과 청나라가 전쟁을 하고 있으나. 한쪽이 이기면 반드시 군대를 우리 쪽으로 돌릴 것입니다. 집강소 활동을 계속하면서 기회를 엿보도록 하는 게 좋겠습니다."

전봉준. 손화중. 김개남. 이 세 사람은 동학농민전쟁의 훌륭한 지도자들이었지만. 이렇게 약간의 의견 차이를 보였다. 전봉준은 대체로 대립되는 양쪽의 의견을 조정하는 입장이었다.

청일전쟁의 틈바구니에서

　하루는 전라 감사 김학진이 남원에 있는 전봉준에게 편지를 보
내왔다. 전주로 한번 와 달라는 초청장이었다. 김학진은 병조판서
로 발령이 났으나, 전라도를 조금 더 수습해야 한다면서 조정에 급
박한 사정을 알리고는 전주에 그대로 머물러 있었다. 조정에서도
김학진의 인물 됨됨이를 잘 알기 때문에 그의 의견을 그대로 존중
했다.

　전봉준은 믿을 만한 부하들과 함께 전주로 갔다. 전주성에 도착
하자 칼과 창을 든 감영군이 두 줄로 쭉 늘어서 있었다. 오랜만에 높
은 관을 쓰고 삼베 두루마기를 입은 전봉준은 눈 하나 깜짝하지 않
고 선화당으로 올라갔다. 김학진은 예의를 갖추어 전봉준 장군을
맞이했다.

　"이렇게 먼 길 마다하지 않고 와 주셔서 감사합니다. 전봉준 장

군과 모든 일을 상의하여 처리하려고 여기까지 초청을 했습니다."

"무슨 일인지 어서 말씀해 보십시오."

전봉준은 전라도에서 벼슬이 가장 높은 전라 감사 앞에서 당당하게 말했다.

"제가 관할하는 전라도 모든 지역의 집강소를 공식적으로 인정하겠습니다."

이 말을 듣고 전봉준은 환하게 웃었다. 그것은 관리와 농민군 사이에 두터운 믿음이 형성되었다는 증거였다.

"그런데 더욱 위급한 일이 벌어졌습니다."

전봉준은 계속 귀를 기울였다.

"일본군이 우리 왕궁을 침범했다는 사실입니다."

"저도 그 소식을 듣고 울분이 치밀어 잠을 못 이룰 지경입니다."

"제 솔직한 심정으로는 전봉준 장군의 농민군과 함께 전주성을 지키고 싶습니다. 전주는 우리 조선 왕조가 시작되다시피 한 곳이 아니겠습니까?"

김학진은 예상했던 것보다 겸손하고 매우 진지한 사람이었다. 전봉준은 김학진이 믿을 만한 사람이라고 생각했다. 전에 감사를 지낸 김문현에 비해 훨씬 정직하고 솔직한 김학진이 전봉준은 마음에 들었다.

"좋습니다. 잘못된 정치를 바로잡고 나라를 일본 오랑캐들로

부터 지키는 일이라면 저도 기꺼이 힘을 보태겠습니다."

두 사람은 오랜 친구처럼 서로 두 손을 꽉 잡았다. 그 뒤 김학진은 전봉준에게 선화당을 내주고, 자신은 옆에 있는 징청각이라는 건물에서 일을 보았다. 전라도의 모든 정치를 실질적으로 전봉준에게 맡긴 김학진은 결재 서류에 그저 형식적인 도장만 찍어 줄 뿐이었다.

이것을 못마땅하게 여긴 전라 감영의 일부 관리들은 김학진에게 '도인감사'라는 별명을 붙여 불렀다. 동학교도들과 한패가 된 감사라는 말이다. 김학진은 이에 개의치 않고 전봉준을 적극적으로 나서서 도왔다. 겉으로 보기에 전주성 안은 그 어느 지방보다도 평화로웠다.

이 무렵 조선은 나라 안팎으로 크나큰 위기를 맞고 있었다.

전주화약으로 농민군이 해산을 한 뒤에 조정은 청나라와 일본 양쪽 군대에게 철수해 줄 것을 요구했다. 농민군이 스스로 해산했으니 조선 땅에 청나라와 일본의 군대가 머물러야 할 명분이 없어진 것이었다. 그러나 양쪽 나라는 우리 조정의 요구를 번번이 거절하고 말았다.

오히려 일본은 우리나라 조정을 깔보면서 다음과 같이 으름장을 놓았다.

"청나라 군사를 조선에서 내보내고, 청나라와 맺은 모든 조약을 무효로 하라. 우리는 힘으로라도 조선을 개혁하겠다."

거기에다가 6월 20일까지 답변을 하라고 일방적으로 통보했다. 그렇지 않으면 일본이 직접 나서서 청나라를 몰아내겠다며 협박을 가해 왔다. 말로는 조선을 개혁한다고 했지만, 사실은 우리나라를 자기들의 손아귀에 넣으려는 엉큼한 속셈을 겉으로 드러낸 것이었다. 민씨 집안이 쥐고 흔들던 조정은 이러지도 저러지도 못하고 대책 없이 시한을 넘기고 말았다.

마침내 6월 21일, 일본군은 경복궁을 침범했다. 다른 나라 군대가 한 나라의 왕궁으로 쳐들어갔다는 것은 엄청난 사건이다. 무능한 민씨 세력은 부랴부랴 도망을 내빼고, 고종은 왕궁에서 꼼짝도 하지 못했다. 일본은 맨 먼저 명성왕후와 사이가 좋지 않던 대원군을 억지로 왕궁으로 오게 했다. 백성들로부터 어느 정도 지지를 받고 있던 대원군을 정치에 이용해 볼 얄팍한 생각 때문이었다. 이어 일본은 김홍집을 총리대신으로 앉히고 친일 정권을 세웠다. 이때부터 왕궁의 무능한 관리들은 일본의 허수아비가 되었다.

조선의 왕궁을 침범한 지 사흘 뒤, 일본은 친일 정권에게 청나라와 맺은 모든 조약을 무효로 하라고 강요했다. 그리고 청나라 군대를 조선에서 몰아내겠다고 선언했다. 일본은 이제 조선을 식민지로 만드는 일을 본격적으로 시작한 것이다.

그러나 엉겁결에 당한 청나라도 호락호락 물러서지 않았다. 그러자 일본은 6월 25일, 아산만의 풍도 근처에 주둔하고 있던 청나라의 함대를 포탄으로 공격했다. 1천여 명이나 되는 청나라 군사들이 그 자리에서 물귀신이 되고 말았다. 이어 27일에는 충청도 성환에서 청나라 군대를 기습 공격해 몰살시켰다. 일본은 선전포고도 하지 않고 야비하게 싸움을 건 것이다. 이때부터 우리나라 땅에서 일본과 청나라가 전쟁을 시작했는데, 이를 '청일전쟁'이라고 부른다. 일본은 조선과 중국 대륙을 침략하려고 기회를 엿보고 있다가 마침내 일을 저지르고 말았다. 여기에 청나라도 대국의 자존심을 내세워 일본에 맞선 것이다.

그 뒤 8월 17일 평양성에서 벌어진 전투도 일본군의 일방적인 승리로 끝났다. 청나라는 일본의 상대가 되지 못했다. 조선에 파견한 군사의 숫자는 청나라가 많았으나 전쟁을 수행하는 전략은 일본을 따를 수 없었다. 일본과의 전투에서 패배를 거듭하던 청나라는 9월 말 조선에서 완전히 물러났다. 중국 대륙을 지배하고 있던 청나라는 만주 일대와 산둥 반도 등 자기네 영토 일부까지 내주면서 작은 섬나라 일본에게 무릎을 꿇었다. 일본은 동아시아의 강자로 떠오르게 되었고, 청나라의 간섭을 받지 않고 조선을 집어삼킬 수 있게 되었다.

'일본의 속셈이 드디어 만천하에 드러나기 시작했구나!'

전봉준은 일본의 야만적인 행패를 그대로 두고 볼 수 없었다. 나라의 주권을 일본에게 빼앗기면 전라도의 집강소에서 아무리 좋은 일을 많이 한다고 해도 말짱 헛일이기 때문이다. 집강소 통치가 어느덧 5개월을 넘기고 있을 때였다. 집강소 활동으로 동학 세력이 이전보다 더욱 커진 것은 다행이었다. 그리고 전라도의 거의 모든 무기와 말, 군량미 등을 농민군이 이미 확보해 놓고 있었다.

'일본 침략자를 몰아내고 나라를 구할 세력은 조선 땅에 농민군밖에 없다.'

9월 초가 되자 전봉준은 바삐 움직였다. 일본과 싸울 농민군을 다시 일으킬 수 있을지 점검해 보기 위해서였다. 각 고을로 돌아가 있던 농민군들은 막 추수를 끝내고 한가한 시간을 보내고 있었다.

"추수도 다 끝나고 이제 무얼 해야 하나?"

"이 사람아. 농사 다 지었으니 일본놈들 몰아내는 농민군이 되어야지."

"총을 안 잡아 본 지 참 오래 되었네."

"자네 벌써 어깨가 근질근질한가 보지?"

농민군들은 각 고을에서 전봉준 장군의 명령이 떨어지기를 기다리고 있었다.

농민군 다시 떨쳐 일어서다

전봉준은 직속 부대 4천여 명을 이끌고 삼례로 갔다. 마침내 농민군의 2차 봉기를 결정한 것이다. 전주성에서 해산한 이후 4개월 만의 일이었다. 일본 군대가 조선의 왕궁을 침범한 뒤 친일 정권을 세우고 내정을 간섭하는 일을 더 이상 앉아서 보고 있을 수 없었다. 나라의 운명이 그야말로 위태로운 상황이었다. 3월 21일 고창 무장에서의 1차 봉기가 썩은 봉건 세력을 몰아내기 위한 것이었다면, 이번의 2차 봉기는 외세인 일본을 조선에서 물리치기 위한 것이었다.

삼례는 전주에서 북쪽으로 30리쯤 떨어진 만경강 근방에 위치한 곳이다. 한양으로 가는 길목으로서 교통의 중심지인데, 이미 동학교도들이 1892년에 교조 최제우의 억울함을 풀어 달라고 대규모 집회를 열었던 곳이기도 했다. 그만큼 농민군에게는 낯설지 않은 곳이었다.

"비로소 친일 정권을 무너뜨리고 일본을 몰아낼 때가 되었다. 집 강소 활동을 중지하고 모든 농민군은 즉각 삼례로 집결하라!"

9월 12일, 전봉준은 삼례에서 각 지방으로 통문을 보내고 고을마다 방을 붙였다.

청나라 군대까지 제압한 일본군을 상대로 전쟁을 치르려면 치밀한 준비가 필요했다. 최신식 무기로 무장한 일본군에 죽창과 낫을 들고 맞설 수는 없는 일이었다. 군량미와 무기 확보가 무엇보다 중요하다고 판단했다. 전봉준은 농민군을 이끌고 삼례에서 가까운 전주성으로 들어가 총 251자루, 탄환 9,700개, 화포 74문을 손쉽게 접수했다. 전라도에서 집강소를 설치한 지역의 무기고는 농민군의 관할이나 다를 바 없었다. 지방 관리들은 못 이긴 척 농민군에게 무기고 열쇠를 내주었다.

전주, 고창, 태인, 김제, 남원, 금구, 함열, 영광, 무장 등지에서 농민군들이 성난 홍수처럼 삼례로 속속 달려왔다. 그 수는 무장에서의 1차 봉기 때보다 훨씬 많은 11만 5천 명이나 되었다. 전라도 지방뿐만 아니라 충청도, 경상도, 황해도, 강원도 등 전국 곳곳에서 농민군이 들고일어섰다. 일본에게 나라를 송두리째 내줄 수 없다는 위기감이 폭발하기 시작한 것이다.

"우리는 한울님의 군대다!"

이렇게 주먹을 불끈 움켜쥐는 농민군도 있었다.

"그렇다. 우리는 의병이다!"

이렇게 소리 지르는 농민군도 있었다.

벌떼처럼 모여든 농민군은 모두 이렇게 자신감에 넘쳐 있었다. 일본의 손아귀에서 나라를 구하겠다는 의지 때문에 그들은 스스로를 '의병'이라고 불렀다.

삼례의 2차 봉기에도 역시 전봉준 장군이 다시 총대장으로 추대되고. 손화중과 김덕명 장군이 총지휘를 맡았다.

전봉준은 지휘관들의 역할을 나누었다.

"한양은 내가 치고 올라갈 테니 손화중. 최경선 두 장군은 광주 쪽으로 내려가 주시오."

"그러면 농민군의 힘이 나누어지지 않을까요?"

"아닙니다. 일본 군대가 남해안 쪽으로 침입한다는 정보가 들어와 있습니다. 자칫 잘못하다가는 한양에서 내려오는 일본군과 남해안으로 상륙하는 일본군에게 우리가 포위될 수도 있습니다."

"듣고 보니 그 말씀이 옳군요."

두 장군은 농민군을 이끌고 서둘러 남쪽으로 내려갔다.

그런데 삼례에서 다시 떨쳐 일어선 농민군은 한양으로 곧바로 치고 올라갈 수 없었다.

이때까지도 최시형을 비롯한 충청도의 북접 지도부는 전면적인 농민전쟁을 펼치는 것에 반대하며 머뭇거리고 있었다. 그들은 혁명이나 전쟁보다는 종교로서 동학의 중요성을 강조하는 입장이었다.

"동학이 공식적인 종교로 조정의 인정만 받으면 됩니다. 전쟁은 때 이르다고 생각합니다."

그러나 남접은 완강했다.

"동학교도와 농민이 합세해서 일본을 물리치는 전쟁을 반드시 벌여야 합니다. 그래야 동학도 살고 나라도 구할 수 있습니다. 우리의 연합 전선이 절실합니다."

이 둘의 갈등은 쉽게 풀어지지 않았다. 심지어 북접 세력은 남접의 지도자인 전봉준이나 서인주를 제거하려고 모의를 하기도 했다. 삼례에 모인 전라도의 남접 계열 농민군을 북접에서 공격해 해산해야 한다는 과격한 의견도 나왔다.

이렇게 되자, 북접 지도부에 대해 불만을 터뜨리는 동학교도와 농민군이 날로 늘어나기 시작했다.

"무기가 뛰어나고 훈련을 잘 받은 일본군과 싸우려면 북접이 도움을 줘야 합니다. 남접 농민군 혼자서는 일본군을 꺾고 한양으로 진격할 수가 없습니다."

"같은 동학교도요, 같은 백성인 남접 농민군이 날강도 일본놈들에게 당하는 꼴을 앉아서 보고 있을 수만은 없습니다."

"나라가 있어야 동학도 유지될 수 있는 것입니다."

"북접 지도부는 반성해야 합니다."

"옳소. 북접은 반성해야 합니다."

북접에 대한 비판이 안팎으로 끊이질 않았다. 다행히 동학교도 중에는 오지영, 김방서, 유한필과 같은 중도파들이 있었다. 이들은 북접과 남접 지도부를 번갈아 만나면서 북접과 남접 농민군이 연합 전선을 펴도록 설득했다.

이에 9월 하순이 되자 최시형은 마음을 굳혔다.

"마음을 합해 죽어도 같이 죽고 살아도 같이 사는 것이 당연한 일이다."

최시형은 교도들에게 충청도 청산으로 집결하라고 명령을 내렸다.

충청도, 경기도, 강원도, 경상도 쪽에서 10만 명이 넘는 북접 농민군이 드디어 충청도 청산으로 모여들었다. 일본을 물리치기 위한 남접과 북접의 연합 전선이 거대한 포부를 안고 꿈틀대기 시작한 것이다.

"자, 이제 올라가자!"

북접이 자세를 바꾼 것을 보고 전봉준은 강경을 거쳐 논산으로 진출했다. 때는 어느새 10월로 접어들고 있었다. 북접이 농민전쟁에 참여하기를 삼례에서 한 달 동안이나 기다린 것이다.

이때 전라 감사 김학진은 농민군의 운량관이 되어 군량미를 부지런히 농민군 진영으로 실어 날랐다. 일본과 싸우기 위해 감사 김학진도 두 팔을 걷어붙이고 전봉준과 한편이 된 것이다.

농민군이 지나가는 길가에는 근처 마을 사람들이 모두 나와 박수를 치며 손을 흔들어 주었다. 농민군의 당당한 행군 모습을 보면서 가장 용기를 얻은 것은 어린아이들이었다.

"나도 크면 농민군이 될 거야."

사내아이들은 산토끼처럼 깡충깡충 뛰며 농민군의 꽁무니를 따라다녔다.

"꼭 이기고 돌아오셔야 해요."

어떤 처녀는 목에 감고 있던 목도리를 농민군의 목에 걸어 주었다. 그러고는 부끄러운 듯 재빨리 등을 돌려 돌아섰다. 그 처녀의 눈망울에는 어느새 눈물이 그렁그렁 고였다.

날씨가 쌀쌀해졌지만, 농민군들은 뜨거운 입김을 후후 내뿜으며 추운 줄을 몰랐다. 그들은 일개 농민이 아니라 나라를 구하는 정의의 군대라는 자부심이 가슴에 가득했다. 오직 일본군을 쳐부순다는 생각만 머릿속에 가득했다.

10월 9일, 손병희가 총지휘하는 충청도 북접 농민군의 주력 부대도 대전을 거쳐 논산으로 왔다. 손병희는 뒷날 1919년 삼일만세 운동에 앞장서게 되는 바로 그 독립운동가이다.

전봉준은 손병희를 만나 굳게 손을 잡았다.

"먼 길 오시느라 수고가 많았소."

"우리보다 녹두장군께서 더 힘든 일을 하시는 것을 잘 알고 있습니다."

손병희는 겸손하게 말했다.

"우리야 뭐 한 일이 있겠습니까."

전봉준도 의연하게 대답을 했다.

"비록 늦었지만 있는 힘을 다해 전 장군을 도와 드리겠습니다. 벌남기도 찢어 버렸습니다."

'벌남기'는 남접을 무찌르라고 북접에서 제작한 깃발이었다. 이제 남북접이 연합 전선을 만들었으니 쓸모가 없게 된 것이다.

"정말 고맙소. 남접과 북접이 힘을 모았으니 천하에 이제 두려운 것이 없소. 조선 땅에서 날뛰는 저 일본 오랑캐들을 물리치고. 착한 조선 백성들이 주인이 되는 세상을 함께 만들어 봅시다."

전봉준과 손병희는 얼싸안으며 의형제를 맺기로 약속했다.

"제가 나이가 어리니까 동생이 되지요. 이제 녹두장군님을 형님으로 부르며 모시겠습니다."

"정말 그래도 될는지?"

"암. 그럼요."

"하하. 그러면 동생의 뜻대로 하게나."

전봉준은 오랜만에 껄껄 소리 내어 너털웃음을 웃었다.

이 광경을 본 농민군들은 힘이 저절로 솟았다.

"전봉준 장군 만세!"

"손병희 장군 만세!"

"천하무적 농민군 만세!"

농민군에 대한 백성들의 지지는 굉장했다. 논산에서는 전에 여산 부사를 지낸 김원식과, 공주의 선비 이유상이 농민군이 되겠다며 찾아올 정도였다.

논산과 강경, 은진 등 이 부근은 들판이 무척 넓어 옛날부터 쌀의 생산지로 유명했다. 농민군은 부잣집에서 쌀을 거두어들여 가난한 백성들에게 나눠 주었다. 그러고도 남는 쌀은 농민군의 군량미로 썼다.

전봉준은 기세를 몰아 충청 감사 박제순에게 장문의 편지를 띄웠다. 농민군과 손을 잡고 나라를 바로잡자는 내용이었다.

"지금 나라가 어지러운 때 스스로를 속이며 어찌 목숨을 보존할 수 있겠소? 일본 침략자들이 군대를 몰고 와 임금을 조롱하고 백성을 근심에 휩싸이게 만드는 이때, 감사는 자신의 몸 하나만을 지키는 데 급급해서는 안 될 것이오. 조선의 늙은이나 어린이 할 것 없이 모든 백성이 울분을 삭이지 못하고 있는데, 귀하는 나라의 녹을 먹는 신하로서 그 분노가 몇 갑절 더하리라 믿소. 지금 내가 하려는 일

이 지극히 어려운 줄은 알지만 일편단심으로 죽음을 각오하고 나쁜
마음을 품은 무리들을 쫓아 내어, 조선 오백 년 왕조의 은혜에 보답
하고자 하니, 감사는 깊이 반성하여 우리와 뜻을 함께하기를 진심
으로 바라오."

　전봉준의 이런 간절한 호소를 충청 감사는 받아들이지 않았다.
대다수 관리들이 백성의 편이 아니라, 서서히 일본 침략자의 앞잡
이가 되어 가고 있다는 증거였다.

공주성을 빼앗아라

공주는 당시에 충청도 감영이 있는 곳이었다. 전라도와 충청도 지방에서 한양을 가려면 공주를 반드시 거쳐야 했다. 북쪽으로는 금강이 공주성을 감싸면서 흐르고 세 방면이 산에 빙 둘러싸여 있는 지형이었는데, 농민군은 공주를 돌파해야 한양으로 밀고 올라갈 수 있었다.

"공주를 손에 넣으면 한양은 호주머니에 든 것이나 마찬가지다. 하지만 일본 침략군을 만만하게 봐서는 안 될 것이다."

공주의 외곽에서는 이미 한양에서 내려온 관군과 일본군이 방어선을 단단히 구축해 놓고 농민군과의 일전을 준비하고 있었다. 공주에 주둔한 관군은 1만여 명, 일본군은 1천여 명이었다.

논산의 작은 산에 집결한 남접과 북접의 농민군 연합 부대는 무려 2만여 명에 달했다. 숫자상으로는 농민군이 훨씬 우세했다. 이제 공주를 향한 대공세만 남겨 두고 있었다.

10월 20일. 전봉준은 공주를 향해 출동 명령을 내리고 부대를 경천으로 이동시켰다. 여기에는 놀랍게도 청나라 군사 50여 명이 농민군에 합류해 있었다. 그들은 청일전쟁에서 일본에게 진 빚을 갚겠다고 잔뜩 벼르고 있었다.

전봉준 장군은 농민군을 세 군데로 분산해서 배치했다.

"최한규 부대 삼천 명은 선봉군이 되어 유구 쪽에서 대기하시오."

"김복용 부대 삼천 명은 목천 세성산 쪽에서 공주의 오른쪽을 치시오."

"박덕칠 부대 칠천 명은 홍주와 예산 쪽에서 공주의 왼쪽을 담당하시오."

공주는 농민군에게 완전히 포위된 거나 다름없었다.

전투는 목천 세성산 쪽에서 가장 먼저 시작되었다. 이곳에는 농민군 지도자 김복용 부대가 진을 치고 있었다. 목천은 오래전부터 동학 조직이 탄탄했으며, 농민군의 창과 총알 등 무기를 만드는 공장도 있었다. 세성산은 동쪽과 남쪽과 북쪽의 세 방향은 산이 험하고, 서쪽만 평평한 곳이다. 그래서 김복용 부대는 천연의 요새인 산위에 진을 치고 서쪽으로 경계를 펼치고 있었다. 전봉준의 주력 부대와 힘을 합쳐 공주를 함락시킬 때를 기다리고 있었던 것이다.

　21일, 이두황이 이끄는 관군이 세성산으로 먼저 선제공격을 해오기 시작했다. 농민군의 약점을 노린 관군이 세 부대로 나누어 공격해 왔다. 그들은 농민군의 수비가 허술한 지역을 노린 것이었다.

　농민군의 등 뒤에서 갑자기 요란스러운 총성이 들렸다. 워낙 순식간에 당한 일이라서 농민군은 우왕좌왕 허둥대기만 했다. 관군은 절벽에 바짝 몸을 붙이고 총을 쏘아 댔다. 농민군은 마른 수풀 속에 엎드려 버텨 보았으나, 적들의 집요한 공격을 도저히 막아 낼수가 없었다. 신식 대포의 위력은 듣던 대로 놀랄 만한 것이었다.

농민군 진영에 대포 한 방이 명중되면 수십 명의 농민군이 낙엽처럼 공중으로 날아가고 말았다.

농민군은 4백여 명의 동지를 잃고, 8백여 명이 다치는 엄청난 피해를 입고 결국 후퇴하지 않을 수 없었다. 용감한 지휘관인 김복용도 이 전투에서 붙잡혀 참수되고 말았다.

"역적 놈들은 한 놈도 남기지 말고 씨를 말려라!"

"다 죽여라!"

관군은 포로가 된 농민군들을 나무에 매달아 놓고 불에 그슬려

잔인하게 죽었다. 사람 살이 타는 냄새가 코를 찔렀다.

전봉준은 세성산 전투에서 농민군이 크게 패했다는 소식을 듣고 22일, 주력 부대를 이끌고 이인 쪽으로 진격했다. 다른 한 부대는 공주 남쪽인 효포 방향으로 보내고, 또 한 부대는 공주 동남쪽 대교 방향으로 파견했다.

23일이 되자, 이인으로 관군이 쳐들어왔다. 농민군은 유리한 지형을 이용하여 맞받아쳤다. 산 위쪽에서 아래쪽 관군을 공격하는 것은 식은 죽 먹기였다. 농민군의 위력에 눌린 관군은 저녁이 되자 공주 감영으로 꽁무니를 빼고 말았다. 이때 관군은 4백여 명이 죽거나 다쳤고, 농민군은 공주 부근에서 첫 승리를 거두어 자신감을 크게 얻었다.

다음날인 24일, 농민군은 대교 쪽에서 관군을 격파하고 공주 감영이 훤히 내려다보이는 봉황산까지 진출했다. 또 한 부대는 무너미고개를 넘어 효포를 점령한 뒤 공주로 바짝 다가섰다.

손쉽게 공주 외곽을 차지한 농민군은 저마다 이런 말을 하며 기세를 높였다.

"내일은 공주성 안으로 들어가 오랜만에 고기 좀 구워 먹세."

이날 저녁 무렵, 한양에서 파견된 이규태의 관군 부대가 공주에 도착했다. 하지만 그들은 농민군의 기세에 잔뜩 몸을 움츠리지 않을 수 없었다. 농민군이 산봉우리마다 오색 깃발을 꽂고, 밤이 되자 수백 개의 횃불을 피워 올리며 함성을 내지르고 있었던 것이다.

농민군이 승리의 기쁨에 빠져 있는 사이, 천안에 머물던 일본군 1개 대대가 급히 공주로 내려왔다. 미국에서 수입한 최신식 스나이더 총과 무라타 연발총, 그리고 한 발에 수십 명을 죽일 수 있는 크루프식 야포로 무장을 하고 있는 정예 부대였다.

"아차, 우리가 한 발 늦고 말았구나!"

공주를 먼저 손에 넣지 못해 전봉준은 가슴을 쳤다. 그렇지만 할 수 없는 노릇이었다. 이제는 결전만이 남아 있을 뿐이었다.

이튿날, 농민군은 공주를 점령하기 위해 총공격을 개시했다. 전봉준은 큰 가마를 타고 싸움을 지휘했다. 가마 주위에는 오색 깃발이 펄럭였다. 그는 총대장으로 싸움을 격려하기 위해 태평소를 불며 농민군을 지휘했다.

"앞으로! 전원 돌격이다!"

효포와 곰티 쪽에서 관군은 기를 쓰고 버텼다. 상황은 점점 농민군에게 불리하게 돌아가고 있었다. 이규태가 이끄는 관군이 일본군과 연합 부대를 만든 결과, 전날의 상황과는 사뭇 다르게 전투가 전개되고 있었다.

일본군이 쏘는 대포와 총알이 농민군의 머리 위로 비 오듯 쏟아졌다. 하지만 머리에 황토 빛깔의 수건을 둘러쓴 용감한 농민군은 죽음을 무릅쓰고 계속 돌진했다. 그럴수록 곰티 골짜기에는 농민군의 시체가 자꾸 불어났다. 날이 어두워지자 전봉준은 결국 후퇴 명령을 내렸다.

"경천으로 빨리 철수하라."

유리한 지형을 이용한 관군과 일본군의 최신식 무기 앞에 공주성 공격은 실패로 끝나고 말았다. 농민군은 수백 명이 죽거나 다쳤고 무기도 많이 잃었다.

전봉준은 경천보다 남쪽인 논산으로 다시 본진을 옮겼다. 다시 공주를 공격하려면 부상자를 치료하는 등 철저한 준비를 해야 했다. 파손된 칼과 창을 수리하고, 탄알도 더 많이 만들었다. 기가 한 풀 꺾인 농민군의 사기를 높이는 일도 빠뜨릴 수 없었다. 날씨가 급격하게 추워지자 따스한 솜옷을 수백 벌 만들어서 농민군에게 입혔다. 전주에서 대기하고 있던 김개남 장군에게 빨리 농민군을 이끌고 오라는 전갈도 보냈다.

겨울로 접어든 날씨라서 가끔씩 눈발이 휘날렸다. 하지만 농민군의 사기는 여전히 높았다. 추위에 몸을 떨면서 농민군은 부대를 재정비했다.

11월 8일. 전봉준은 농민군을 세 부대로 나누어 다시 공주로 향했다. 제1부대는 무너미고개, 제2부대는 이인, 그리고 제3부대는 곰티 쪽으로 각각 출동을 시켰다.

"공주를 함락하고 한양으로 진격하려면 우리 농민군의 피해를 최대한 줄여야 하오."

전봉준은 각 부대의 대장들에게 당부를 했다.

"숫자는 우리가 많지만 무기는 저놈들이 앞서는 게 사실 아닙니까?"

한 농민군 지휘관이 물었다.

"하지만 방법이 있소."

"장군님, 그 방법이 무엇입니까?"

"우리가 총공격을 펼치면 적들이 도망을 갈 곳은 한 군데밖에 없소. 바로 곰티와 우금치 사이의 골짜기요."

전봉준은 오랫동안 연구했던 공주 함락 작전을 자세하게 지휘관들에게 설명했다.

"일본군과 관군이 후퇴를 할 길에다 우리가 불을 붙여야 하오. 그렇게 적들의 발을 묶어 놓는 게 중요하오. 그때 양쪽 골짜기에 매복해 있다가 불이 일어나는 것을 신호로 일제히 사격을 개시해야 하오."

전봉준의 작전은 그대로 들어맞았다. 곰티 골짜기에서 농민군의 집중 사격을 받은 관군과 일본군은 도망치다시피 모두 공주성 안으로 쫓겨 들어갔다.

아아, 한 맺힌 고개 우금치여

농민군은 공주의 산등성이마다 넓게 진을 쳤다.

"농민군이 삼사십 리나 둘러싸고 있는 것 같군."

"꼭 산에다 병풍을 두른 것 같아."

"아이고, 우리는 이제 꼼짝도 못 하고 당하게 되었네."

"농민군은 동쪽에서 소리치면 서쪽에서 대답하고, 왼쪽에서 번쩍하면 오른쪽에서 또 번쩍하지 뭔가."

관군들은 싸워 보지도 않고 지레 겁을 집어먹고 있었다.

"공주성을 차지하려면 우금치로 정면 돌파하는 수밖에 없다."

드디어 동학 농민군의 운명을 가름하는 11월 9일.

전봉준 장군의 농민군 주력 부대는 우금치로 진격을 하기로 결정했다. 우금치는 옛날에 소 장수들이 돈을 가지고 넘나들다가 강도에게 많이 당한 데서 유래된 고개 이름이다. 그만큼 지형이 험난한 곳이지만, 공주로 들어가려면 반드시 넘어야 할 고개이다.

관군과 일본군도 우금치에 모든 병력을 결집시켜 놓고 있었다. 왼쪽 봉우리에는 일본군이. 맞은편에는 백낙완 부대. 고개 밑에는 성하영 부대가 강력한 방어선을 치고 농민군에 맞설 채비를 하고 있었다. 그리고 공주 동남쪽으로는 오창성 부대를, 능치와 효포, 금강나루와 산성 쪽에도 물샐틈없이 군사들을 전진 배치했다. 나라를 위하고 백성을 위해 일어선 농민군에 맞서기 위해. 나라에서 가장 강한 경군과 신식 무기로 무장한 일본 연합군이 총동원된 것이다.

농민군에게는 이제 공주성을 빼앗느냐, 아니면 물러나느냐 하는 결전의 순간만이 남았다. 전봉준이 농민군 대열의 앞에 나섰다.

"드디어 중대한 결전을 벌일 때가 되었다. 공주성을 반드시 함락해야만 한양으로 진격할 수 있다. 우리가 우금치를 빼앗지 못하면. 우리의 목숨은 물론 조선 땅 전체를 침략자 일본에게 빼앗기고 말 것이다. 죽기 아니면 살기로 싸워 도탄에 빠진 나라를 구하고 일본 침략자를 물리치자!"

전봉준은 주먹을 불끈 쥐고 흔들었다.

"정의는 어느 때든 이기는 법이다. 정의롭지 못한 관군과 일본군을 우리 농민군은 분명히 무찌를 수 있다."

이에 용기를 얻은 농민군은 함성을 지르며 반드시 이길 것을 다짐

했다. 농민군의 손에 든 창과 총, 그리고 칼이 하늘을 가득 메웠다.

둥둥둥둥둥. 출전을 알리는 북소리가 울렸다. 이어 나팔 소리와 꽹과리 소리가 귀청을 찢을 듯이 산골짜기에 진동했다. 숲 속에 숨어 있던 꿩들이 놀라 푸드득 하늘로 날아올랐다.

"가자!"

"궁궁을을 궁궁을을……!"

동학 주문을 외며 농민군이 우금치 정상을 향해 기어오르자, 관군과 일본군은 최신식 무기로 마구 대포와 총알을 퍼부었다. 크루프식 야포와 회전식 기관포가 한 번씩 드르륵거릴 때마다 앞쪽의 농민군들이 수십 명씩 쓰러졌다. 앞에서 쓰러지면 그 시체를 넘고 넘어 농민군은 우금치를 향해 올라갔다. 포탄이 떨어져 팬 웅덩이에 농민군의 시체들이 쌓였다. 피비린내와 화약 냄새가 코를 찔렀다. 포탄 연기와 자욱한 흙먼지가 두 눈을 가렸다.

농민군은 그야말로 장렬하게 싸웠다. 조총의 총알이 떨어지면 죽은 동지의 손에 쥐어져 있던 칼과 죽창을 들고 위로 위로 올라갔다.

이곳저곳에서 백병전이 벌어졌다. 특히 농민군은 가까이서 상대편과 붙을 때 칼싸움을 잘했다. 소총을 들고 있던 일본군의 한 부대는 농민군이 코앞까지 들이닥치자 어쩔 줄을 모르고 쩔쩔맸다.

"이 침략자 놈들아, 조선 농민군 칼 맛 좀 봐라!"

농민군의 칼이 햇빛을 받아 번쩍 빛을 내더니 일본군의 목을 내리쳤다. 그렇게 수십 명의 목을 잘랐지만. 이내 일본군의 지원 부대가 와서 무차별 사격을 가해 왔다.

이에 우금치 가까운 곰티로 후퇴한 농민군은 산 위에 머물고 있는 또 다른 농민군을 발견했다.

"야. 다행히 죽지 않고 살아 있는 우리 편이 있었구나!"

반가운 마음에 산 위의 농민군을 향해 손을 흔들었다. 그때였다. 같이 손을 흔들던 산 위의 농민군이 후퇴하던 농민군 쪽으로 사격을 가해왔다.

"우리가 속았다!"

그들은 빼앗은 농민군의 옷으로 변장을 한 관군이었다. 농민군들은 뒤를 돌아볼 틈도 없이 뿔뿔이 흩어졌다.

11월 9일부터 11일까지 우금치를 중심으로 40여 차례의 치열한 전투가 벌어졌다. 진격했다가는 물러나고. 물러났다가는 다시 진격을 거듭했음에도 농민군은 우금치를 빼앗을 수 없었다. 죽은 농민군의 시체가 우금치에 언덕을 이루었다. 농민군이 흘린 피는 산골짜기 도랑을 타고 붉게 흘러내렸다.

결국 농민군은 관군과 일본군을 이기지 못하고 무너지기 시작했다. 우금치 전투에서 농민군은 그 수가 2만여 명에 이르렀지만. 사정거리가 채 1백 미터도 되지 않는 조총과 죽창으로 무장을 하고 있었다. 관군과 일본군의 숫자는 3천 명 정도였지만, 성능 좋은 무기와 신식 전술을 이용하는 통에 도저히 당해 낼 수가 없었다. 그야말로 참패였다.

찬란하게 꽃을 피우려던 농민들의 역사가 우금치에서 막을 내리는 순간이었다. 충청도 감영이 있는 공주. 한양으로 가려면 반드시 거쳐 가야 하는 길목인 공주. 그 공주성을 빼앗지 못하고 이름 없는 수천 명의 농민군들이 우금치에 목숨을 바친 채 말이다.

후퇴를 하라는 징 소리가 다급하면서도 슬프게 울렸다. 남은 농민군들은 피눈물을 삼키며 물러서지 않을 수 없었다.

때마침 흐린 하늘에서 눈이 내리고 있었다. 전봉준 장군은 공주를 눈앞에 두고도 점령하지 못한 것이 너무나 분했다. 또한 농민군의 패배는 일본의 침략을 앞당기는 것이기 때문에 더욱 원통한 생각이 들었다. 엄청나게 많은 농민군의 목숨을 앗아간 우금치를 뒤로하고 전봉준은 논산으로 물러나기로 했다.

'아, 이대로 물러서서는 안 되는데, 안 되는데⋯⋯.'

뒤돌아본 우금치 하늘에 까마귀 떼가 새까맣게 몰려들고 있었다.

김개남의 농민군이 청주 공격에 또 실패했다는 연락이 온 것도 이 무렵이었다. 엎친 데 덮친 격이었다.

태인에서 벌인 마지막 싸움

우금치 전투에서 결정적인 패배를 당한 전봉준은 논산까지 후퇴했다. 인원을 점검해 보니 그 기세등등하던 농민군이 겨우 3천여 명밖에 남아 있지 않았다. 대부분의 농민군은 우금치에서 죽거나 뿔뿔이 흩어졌고, 관군과 일본군의 소탕 작전에 밀려 쫓기는 신세였다. 전봉준의 농민군 주력 부대도 그들의 끈질긴 추격에서 벗어날 수 없었다. 농민군은 저항을 제대로 하지 못하고 남쪽으로 밀렸다.

일본군은 조선의 관군을 자기들의 부하처럼 지휘하면서 끌고 다녔다. 관군의 대장들은 일본군 장교 앞에서 그저 쩔쩔매기 일쑤였다. 유구한 역사를 가진 나라의 군대로서 체면이 말이 아니었다.

농민군은 논산의 작은 언덕에 머물다가 남쪽인 황화대로 후퇴를 했다.

"한 놈도 살려 보내서는 안 된다."

관군과 일본군은 악착같이 공격을 해왔다. 그들의 신식 무기가 불을 뿜을 때마다 농민군은 가랑잎처럼 쓰러졌다. 농민군은 최선을 다해 버텨 보았으나 더 이상 어찌할 도리가 없었다. 이렇게 당하다가는 한 사람의 농민군도 살아남지 못할 것 같았다.

전봉준 장군은 논산 황화대 전투에서 살아남은 농민군을 이끌고 11월 19일에는 전주로, 23일에는 원평으로 후퇴를 거듭했다. 더 이상 물러설 데도 없었다. 눈 쌓인 모악산 쪽에서 찬바람이 쌩쌩 불어왔다. 다 떨어진 짚신을 신고 정신없이 후퇴를 하다 보니, 발에 동상이 걸린 농민군이 많았다.

'저 선량한 농민들이 나라를 구하자고 일어섰는데, 계절마저 우리를 도와주지 않는구나. 겨울이 닥치기 전에 공주성을 함락시키고 한양으로 향했어야 했는데……'

전봉준 장군은 가슴을 쥐어뜯었다.

당시에는 수많은 농민군이 밥을 해 먹을 솥이나 냄비가 무척 부족했다. 무쇠솥은 무거워서 이동할 때 불편한 점이 이만저만이 아니었다. 그래서 농민군은 소를 잡은 뒤에 가죽을 잘 벗겨 두었다가 솥으로 이용을 했다. 쌀을 씻어 쇠가죽에다 안치고 밑에서 불을 지피면, 비록 밥은 설익었지만 여러 사람이 나눠 먹을 수 있었다. 밥은 반찬이 따로 필요 없는 주먹밥으로 뭉쳐 먹을 때가 많았다. 쌀이 많든 적든 주먹밥을 만들면 골고루 나눌 수 있어서 좋았다.

11월 25일. 그렇게 아침밥을 지어 먹고 났을 때였다. 원평 구미란 뒷산에 진을 치고 있던 농민군 진영을 향해 관군과 일본군이 뻥뻥 대포를 쏘아 댔다. 대포 연기가 자욱하게 앞을 가렸다. 농민군이 움츠리고 있다는 것을 알고 관군은 총을 쏘며 산 위로 기어 올라왔다. 농민군은 칼과 죽창을 들고 용감하게 백병전을 벌였다. 그러나 구식 화승총과 대나무로 만든 창이 성능 좋은 서양총을 당해 낼 수는 없었다. 게다가 농민군의 사기는 말이 아니어서, 관군이 나타났다는 말만 듣고도 줄행랑을 치는 사람들이 생겨났다.

원평에서 또 크게 패한 전봉준 장군은 다시 남쪽으로 부대를 이동했다. 태인의 성황산, 한가산, 도리산으로 물러나 최후의 일전을 벌이기로 결심했다. 전봉준 장군의 농민군 주력 부대가 후퇴를 거듭하고 있다는 소식을 듣고 근처의 농민들이 태인으로 달려왔다. 이렇게 해서 모인 농민군의 숫자는 관군보다 훨씬 많았지만, 제대로 훈련이 되어 있지 않은 부대였다.

"산봉우리마다 깃발을 꽂고, 함성을 내질러라! 그리고 소리 나는 것은 무엇이든지 두드려라!"

전봉준 장군은 농민군을 향해 명령을 내렸다. 이것은 농민군의 사기를 높이고, 적들을 불안하게 만들기 위한 전봉준의 전술이었다.

농민군들은 저마다 손에 든 무기를 치켜들었다. 산 아래쪽에서 230여 명의 관군과 60여 명의 일본군 추격 부대가 서서히 포위망을 좁혀 오기 시작했다. 그들은 농민군 진영 가까이까지 다가와 사정없이 대포와 총을 쏘았다.

포탄이 날아와 터진 땅바닥이 흉터처럼 움푹 파였다. 그 자리에 있던 농민군들은 총 한번 쏘아 보지도 못하고 맥없이 쓰러졌다. 기를 쓰고 버티는 농민군 앞으로 관군과 일본군의 총알이 빗발치듯 날아왔다.

농민군은 목숨을 걸고 싸웠다. 유리한 지점을 차지하고 맹렬히 싸웠으나, 가슴에 피를 뿜으며 죽어 가는 사람들이 자꾸 늘어났다. 관군과 일본군의 최신식 무기 앞에 농민군의 마지막 항전은 처참하게 무너지고 말았다. '보국안민'과 '척양척왜'의 높은 깃발을 내걸고 일어섰던 농민군의 최후는 비참하기 짝이 없었다. 원한이 사무쳐서일까. 눈을 감지 못한 농민군의 시체가 적지 않았다.

이렇게 태인에서의 전투를 끝으로 전봉준의 농민군은 뿔뿔이 흩어졌다. 이때가 11월 27일이었다.

전봉준의 부대가 태인에서 패배했다는 소식을 들은 손화중과 최경선도 12월 1일, 광주에서 농민군을 해산하고 몸을 숨겼다. 그 이후에도 전라도의 장흥과 강진, 충청도의 영동, 황해도의 해주 등지에서 농민군은 관아를 점령하고 무기를 빼앗으며 부분적으로 치열한 싸움을 벌였다. 특히 해주에서는 나중에 상해 임시정부 주석으로 활동하게 되는 김구 선생이 소년 장수가 되어 농민군을 이끌었다. 그러나 농민군의 총대장으로 동학농민전쟁의 선두에 섰던 전봉준 부대가 패하자. 이들도 12월 중순께 대부분 해산을 하고 말았다.

한양으로 압송되는 전봉준

전봉준은 농민군을 해산한 뒤, 부하 몇 사람을 데리고 정읍의 입암산성으로 피신했다. 두 차례의 농민전쟁에서 비록 뜻을 이루지 못했으나 이대로 주저앉을 수는 없었다. 젖 먹던 힘이라도 모아 기필코 다시 일어서야 했다. 하지만 그에게 쓰라린 패배를 안겨 준 일본군은 끝까지 전봉준의 뒤를 쫓았다.

전봉준은 입암산성도 안전한 곳이 아니라는 보고를 받았다. 그래서 장성 갈재를 넘어 산골 마을인 순창군 쌍치면 피노리 쪽으로 급히 발걸음을 옮겼다. 그곳에는 김경천이 살고 있었다. 그는 옛날에 가난한 선비였는데, 농민군으로 활동하다가 고향에 돌아가 있었다.

저녁 무렵. 어둑어둑해진 틈을 타 전봉준은 피노리에 도착했다. 관군과 일본군이 뒤를 쫓고 있다는 정보가 있어서 몸조심을 해야 했다.

전봉준은 마을 입구의 주막에서 김경천을 만났다.

"장군님이 이 누추한 곳에 어인 일이십니까? 우선 절부터 받으시지요."

김경천은 반갑게 전봉준을 맞이하면서 넙죽 큰절을 올렸다.

"저녁 진지 드실 때가 되었는데 무척 시장하시지요?"

그는 호들갑을 떨며 밥상을 차려 오겠다고 했다.

"허허. 그래. 오늘은 자네 신세 좀 져야겠네."

마침 배가 고프던 참이라서 전봉준은 김경천이 고맙기만 했다.

전봉준은 뜨끈하게 불을 지핀 아랫목에다 오랜만에 등을 눕혔다. 마치 어린 시절 고향집의 안방처럼 아늑했다. 그동안 쌓인 피로가 한꺼번에 몰려와서 졸음이 왔다.

날이 깜깜해졌는데도 밖에 잠시 다녀온다던 김경천은 돌아오지 않았다. 뭔가 심상치 않은 기운을 느낀 전봉준의 부하들이 문틈으로 밖을 내다보았다.

김경천은 보이지 않고, 손에 몽둥이를 든 동네 장정들이 집 주위를 빙 둘러싸고 있었다. 이 무렵, 나라에서는 녹두장군 전봉준을 체포하면 1천 냥의 상금과 군수 벼슬을 주겠다는 방을 곳곳에 붙여 놓고 있었다. 돈과 명예에 눈이 먼 옛 부하 김경천은 한신현이라는 사람과 짜고 배신을 하고 말았던 것이다.

밖을 내다보던 부하가 다급하게 소리쳤다.

"장군님! 어서 피하십시오!"

전봉준은 방문을 박차고 나가 단숨에 싸리나무 울타리를 뛰어넘었다. 그때 시커먼 몽둥이 하나가 전봉준의 발목을 사정없이 내리쳤다. 전봉준은 거기서 한 발자국도 움직이지 못하고 그만 붙잡히는 몸이 되고 말았다. 이날이 12월 2일이었다. 갑오년 동학농민전쟁의 최고 지도자인 녹두장군 전봉준은 이렇게 어이없이 체포되었다.

담양에 있던 일본군에게 인계된 전봉준은 나주와 전주를 거쳐 12월 18일 한양으로 압송이 되었다. 피노리에서 체포될 때 다리를 다친 탓에 소가 끄는 수레에 실렸다. 그 무렵, 아직 잡히지 않은 농민군들이 전봉준을 구출하러 한양으로 오고 있다는 소문이 무성하게 퍼져 있었다. 그래서 전봉준의 압송 길에는 무장한 수십 명의 관군과 일본군이 동원되었다.

한양에 도착한 전봉준은 일본 영사관의 어두운 감방에 갇혔다. 일본인들은 전봉준 장군의 목숨을 살려 주겠다면서 달콤한 말로 꼬이기도 했다.

"목숨만은 살려 줄 테니 우리 일본에 협조하지 않겠는가?"

"차라리 나를 죽여라, 이 침략자 놈들아!"

조선 침략을 위해 일본이 자신을 이용하려 한다는 것을 잘 아는

전봉준은 단호하게 거절을 했다. 일본 영사와 조선의 법관이 함께 전봉준을 심문했다. 이때는 조선의 법관들도 이미 일본의 앞잡이가 되어 있을 때였다. 다섯 차례의 심문이 가혹한 고문 속에 진행되었다.

심문을 받으면서도 전봉준 장군은 동학농민전쟁의 최고 지도자답게 당당했다.

"너는 나의 적이요. 나는 너의 적이다. 내가 너희를 쳐 없애고 나라를 바로잡으려다가 너희 손에 잡혀 왔다. 우리는 잘못된 세상을 바로잡고자 일어섰을 뿐이다. 탐관오리를 없애고 그릇된 정치를 바로잡는 것이 무슨 잘못이며, 나쁜 짓으로 백성의 피를 빨아 먹는 자를 처치하는 것이 무슨 잘못이며, 사람으로서 사람을 사고팔며 나라의 재물을 뜯는 데 눈이 먼 자를 치는 것이 무엇이 잘못이냐. 너희에게는 나를 죽일 일만 남지 않았느냐? 다른 것은 묻지 말라. 내 비록 적의 손에 억울하게 죽을지언정 적이 만든 법의 적용은 받지 않을 것이다. 그러니 나를 죄인으로 다루지 말라!"

전봉준은 오히려 심문하는 법관을 준엄하게 꾸짖었다. 그는 감옥에서나 재판정에서나 의연한 기개를 굽히지 않았다.

"역시 듣던 대로군. 녹두장군 전봉준은 타고난 영웅 중의 영웅이야."

감옥에서 전봉준을 감시하는 간수들마저 뜻을 굽히지 않는 그를 마음속으로 흠모하기에 이르렀다.

1895년 3월 30일. 전봉준은 결국 군사를 일으켜 내란을 꾀했다는 죄로 교수형이라는 최종 판결을 받고 말았다.

같은 날. 교수대에 올라선 전봉준에게 법관이 물었다.

"가족한테 남길 말이 있으면 하라."

"나는 다른 말은 하기 싫다. 나를 죽이려면 종로 네거리에서 목을 베어, 오고 가는 백성들에게 내 피를 뿌려 줄 일이지, 어찌 이 컴컴한 곳에서 아무도 모르게 목을 조이려 하느냐!"

죽음을 눈앞에 두고도 전봉준은 끝까지 당당한 품성을 지켰다.

전라도 고창의 무장에서 농민군을 함께 일으켜 싸운 손화중. 최경선, 김덕명, 성두한도 같은 날 전봉준과 함께 교수형에 처해졌다.

전봉준은 죽기 전에 다음과 같은 시 한 편을 우리에게 남겼다.

때를 만나서는 하늘과 땅도 내 편이더니
운이 다하자 영웅도 어쩔 수 없구나
백성을 사랑하고 정의를 지키고자 한 게 무슨 잘못이더냐
나라 위한 일편단심을 그 누가 알겠는가.

어릴 적부터 키가 작아 녹두라는 별명을 가졌던, 눈빛이 유난히 맑았던 소년 전봉준. 손에 손에 푸른 죽창을 깎아 쥔 이름 없는 수십

만 농민군과 함께 의연하게 일어섰던 전봉준. 사람이 사람답게 사는 세상을 만들고자 누구보다 고민했고. 누구보다 헌신적으로 앞장서서 싸웠던 전봉준. 못된 벼슬아치들과 양반들을 물리치고. 나아가 조선을 넘보던 일본의 야욕을 막아 내기 위해 자신을 바친 동학농민전쟁의 최고 지도자 전봉준.

그가 뜻을 다 펴지 못하고 마흔한 살의 나이로 죽으니. 그해 봄에는 우리나라 온 산천이 붉은 빛으로 물들었다. 산이란 산마다 진달래꽃이 더욱 붉게 피어올랐다. 마치 전봉준 장군과 농민군들이 이 땅에 뿌리고 간 핏빛처럼.

멀리서서 하늘도 멀리 숨어 이 흘러갈수밖에 빨아삼키고 깊이 조카는 한덤뿍 ~고 ~ 다 사나운 내가~는 아 피 단사율은 그 누나셨느냐. 정남준.

서울로 가는 전봉준(全捧準)

안도현

눈 내리는 만경 들 건너가네
해진 짚신에 상투 하나 떠 가네
가는 길 그리운 이 아무도 없네
녹두꽃 자지러지게 피면 돌아올거나
울며 울지 않으며 가는
우리 봉준이
풀잎들이 북향하여 일제히 성긴 머리를 푸네

그 누가 알기나 하리
처음에는 우리 모두 이름 없는 들꽃이었더니
들꽃 중에서도 저 하늘 보기 두려워
그늘 깊은 땅속으로 젖은 발 내리고 싶어하던
잔뿌리였더니

그대 떠나기 전에 우리는
목쉰 그대의 칼집도 찾아주지 못하고
조선 호랑이처럼 모여 울어주지도 못했네
그보다도 더운 국밥 한 그릇 말아주지 못했네
못다 한 그 사랑 원망이라도 하듯

속절없이 눈발은 그치지 않고
한 자 세 치 눈 쌓이는 소리까지 들려오나니

그 누가 알기나 하리
겨울이라 꽁꽁 숨어 우는 우리나라 풀뿌리들이
입춘 경칩 지나 수군거리며 봄바람 찾아오면
수천 개의 푸른 기상나팔을 불어제낄 것을
지금은 손발 묶인 저 얼음장 강줄기가
옥빛 대님을 홀연 풀어헤치고
서해로 출렁거리며 쳐들어갈 것을

우리 성상(聖上) 계옵신 곳 가까이 가서
녹두알 같은 눈물 흘리며 한 목숨 타오르겠네
봉준이 이사람아
그대 갈 때 누군가 찍은 한 장 사진 속에서
기억하라고 타는 눈빛으로 건네던 말
오늘 나는 알겠네

들꽃들아
그날이 오면 닭 울 때
흰 무명띠 머리에 두르고 동진강 어귀에 모여
척왜척화 척왜척화 물결소리에
귀를 기울이라

동학농민전쟁 주요 격전지

공주 : 대규모 집회 '교조신원운동'(1892년)

삼례 : 삼례 집회(1892년)

고부 : 동학농민군 고부 봉기(1894년)

무장 : 무장기포(제1차 농민전쟁. 1894년)

백산 : 동학농민군 지휘막사 설치(1894년)

고부 : 황토재 전투(1894년)

정읍 : 동학농민군 정읍 관아 습격(1894년)

영광 : 동학농민군 영광 관아 습격(1894년)

장성 : 황룡촌 전투(1894년)

전주 : 동학농민군 전주성 점령(1894년)

남원 : 대규모 동학농민군 집회(1894년)

삼례 : 동학농민군 삼례 봉기(제2차 농민전쟁. 1894년)

목천 : 세성산 전투(1894년)

공주 : 동학농민군 공주성 습격(1894년)

태인 : 마지막 전투(1894년)

순창 : 전봉준 체포(1894년)

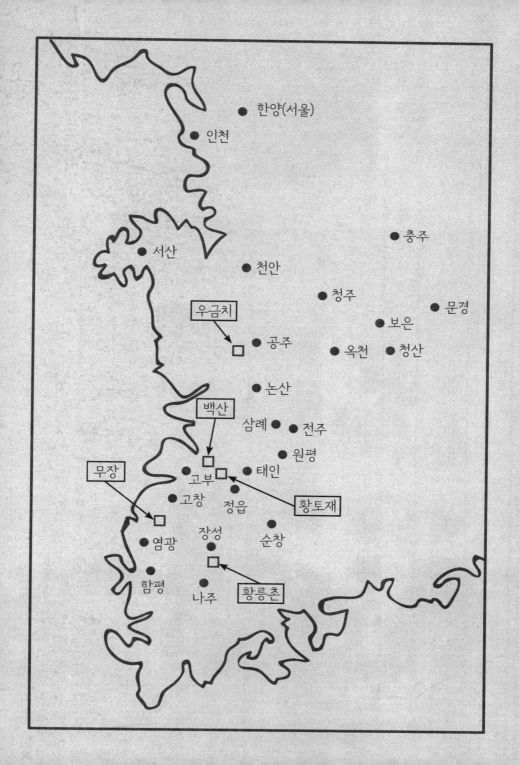

전봉준
제1판 제1쇄 발행일 2006년 11월 28일
개정판 제1쇄 발행일 2016년 7월 30일
개정판 제4쇄 발행일 2024년 7월 5일

글쓴이 · 안도현 | 그린이 · 김세현

펴낸이 · 곽혜영 | 주간 · 오석균 | 편집 · 최혜기 | 디자인 · 소미화 | 마케팅 · 권상국 | 관리 · 김경숙
펴낸곳 · 도서출판 산하 | 등록번호 · 제2020-000017호
주소 · 03385 서울특별시 은평구 연서로26길 27. 대한민국
전화 · (02)730-2680(대표) | 팩스 · (02)730-2687
홈페이지 · www.sanha.co.kr | 전자우편 · sanha0501@naver.com

ⓒ안도현, 김세현, 2006

ISBN 978-89-7650-478-4 43810

＊이 도서의 국립중앙도서관 출판시도서목록(CIP)은 e-CIP홈페이지(http://www.nl.go.kr/ecip)와
  국가자료공동목록시스템(http://www.nl.go.kr/kolisnet)에서 이용하실 수 있습니다.
  (CIP제어번호:CIP2016018094)
＊이 책은 저작권법에 따라 보호받는 저작물이므로 무단 전재와 무단 복제를 금합니다.